KB070852

허락하지 않는 길

김보혜

허락하지 않는 길

누구도 허락하지 않는 평범치 않은 나만의 길을 걷다

김보혜

차례

4장 그 깊은 터널 속에서

5장 폐쇄 병동 입원일기

프롤로그

금요일 오전 11시 30분.

금요일 오전이면 대학병원 정신건강의학과에 예약이 되어 있다. 아침에 덜 서둘러서 좋고 외래 후 점심을 바로 먹기에도 좋아 나는 11시에서 11시 45분 사이에 예약 잡는 걸 좋아한다. 운전하는 것을 즐기지 않아 남강변을 따라 걸어서 가거나 택시를 타는데, 가끔 궁금증 많은 택시 기사님이 대학병원으로 향하는 나에게 어디가 아프냐고 물어본다. 거기에 또 친절한 나는 "남편이 도박해서 정신을 놓았어요. 그래서 정신과에 가는 길이에요"라고 답한다.

처음엔 솔직한 내 대답에 당황해하던 기사님도 1, 2주에 한 번씩 10년째 병원을 가다 보니 이제는 내 속사정까지 훤히 꿰고서 가끔 본인의 차량에 나를 태우게 되면 남편의 안부까지 물어준다. 처음에는 기사님의 질문이나 관심이 귀찮고 싫었는데 이제는 싫지만도 않다. 그만큼 열심히 살아가라는 응원의 뜻이겠거니 여기고, 그냥 '나'라는 사람을 기억해준다는 것을 감사하게 생각하다 보니 괜찮아진 것 같다.

대학병원의 대기시간은 길다. 하릴없이 시간 보내는 것을 좋아하는 내가 병원에 일부러 일찍 도착하는 이유다. 병원 대기실에 앉아서 사람 구경하는 재미가 쏠쏠하기 때문이다. 특히 정신과 대기실은 재밌는 곳이다. 별의별 사람들을 다 볼 수 있다. 나도 그중 한 사람이다.

정신과에 입장할 때는 발걸음이 아주 당당하다. '내가 정신질환자로 보여요?'라는 눈빛을 쏘아대며 아주 당당한 발걸음으로 대기실에 들어가 간호사에게 "김보혜요"라고 말한다. 마치 '나 단골이잖아. 너 나 알지?' 이런 마음으로. 생년월일이 무엇이냐는 간호사의 당연한 물음에 나는 살짝 빈정이 상해 나즈막히 "871014요"라고 대답하고는 빈자리에 앉아 팔짱을 끼고 눈을 감는다.

그리고는 주변에 관심 없는 척 사람들이 무슨 얘기를 하는지 유심히 들어본다. 조증이 돋을 때면 두 사람의 이야기에 나도 끼어들고 싶어서 입이 근질근질하다. 아마 속으로 백 마디는 더 했을 거다. 다행이다. 내가 사고 치기 전에 간호사가 진료실에 들어가라고 내 이름을 부른다.

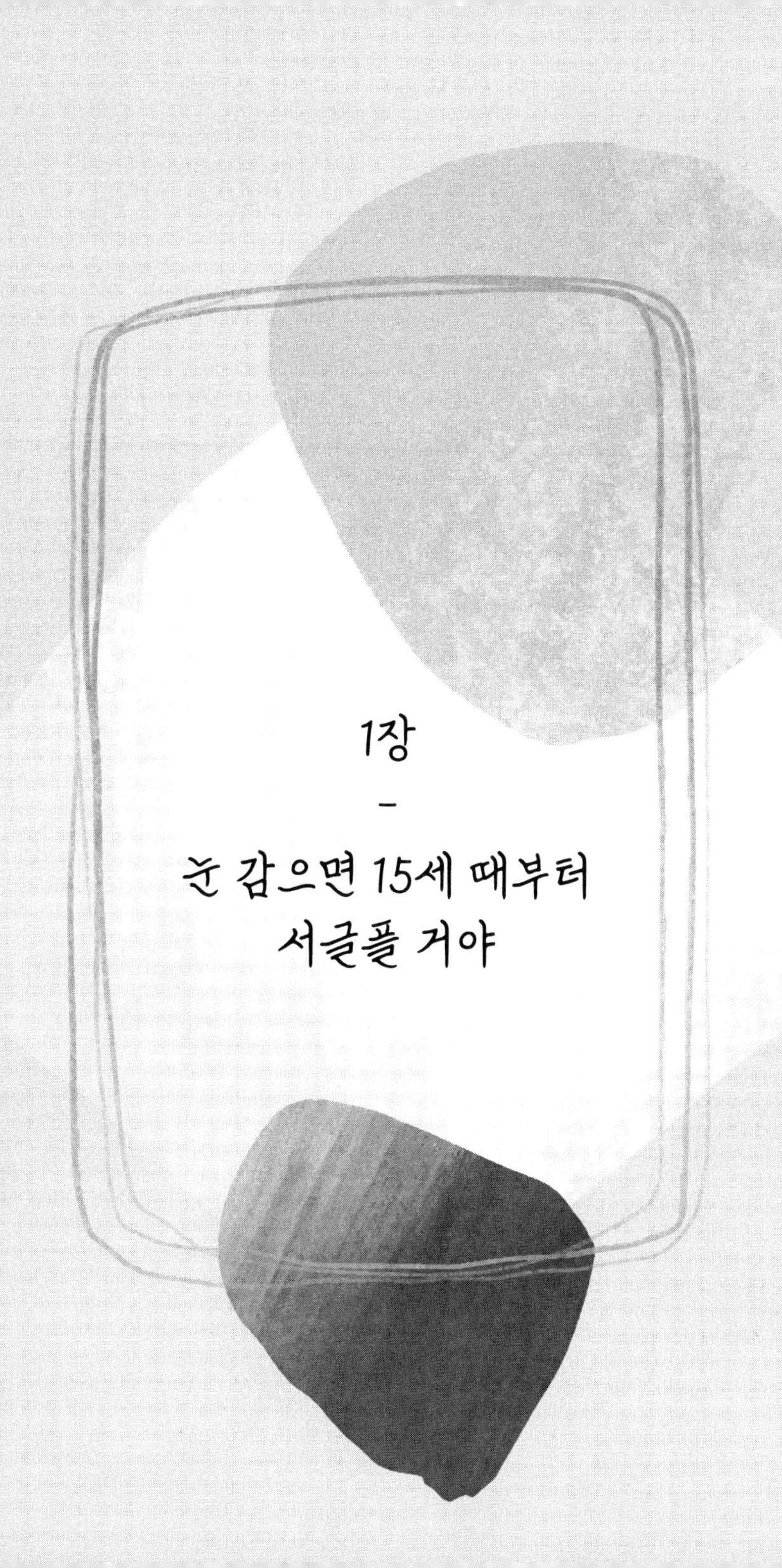

1장

-

눈 감으면 15세 때부터 서글플 거야

들어가기에 앞서

"부자 3대는 간다는데 너희 집은 왜 망했니?"

아휴, 지겨워 죽겠네요, 참.

"저기요! 지금이 조선 시대입니까? 부자가 3대나 내려가게? 보편적인 부자는 3년이면 끝나는 게 현대사회입니다. 드라마에서 자주 안 보셨어요? 대기업 회장님댁이 하루아침에 망해서 내려앉는 거? 아마 단칸방에 이사하기까지 살아보려고 발버둥 친 시간이 3년 정도 될 거예요. 저는 그렇게 생각해요."

아는 분과 나눈 대화의 일부이다. 나는 실제로 우리 집이 망한 지가 언제인데 아직까지도 "아이고~ 부잣집 공주 우리 보혜", "우리 보혜가 얼마나 부잣집에 살았는데 이리 고생을 해서 우야노", "부자는 3대는 가야 되는데" 등…… 이런 소리 들을 때마다, 하하핫, 겉은 친절한 미소를 띠고 있을지언정 순간 나도 모르게 얼굴 근육이 굳는 것을 느낀다. 왜냐고? 부잣집 공주였으면, 부잣집 3대가 내려가면, 내가 부잣집에 살았던 게 뭐 어떻길래 나더러 어쩌라고? 지금은 개그지깽깽이나 다름없는 지금의 내 꼬락서니를 놀리는 것 같아서 기분이 썩 좋지 않다.

내가 싫어하는 말이 두 가지가 있다. 첫째. 옛날에 너희 집 어쩌고저쩌고. 둘째, 예쁘게 생기셨네요. 첫째는 쫑난 일이라 굳이 언급해서 상기하고 싶지 않은 기억이어서 싫고, 둘째는 나는 아빠 닮아서 아주 모오옷! 생겼다. 그나마 다행인 건 엄마 닮아서 피부 좋고 하얗고 얼굴이 좀 작은 편이라 귀염상에 속한다는 것. 단지 귀염상일 뿐 예쁜 얼굴은 절대 아니므로 예쁘다고 말하면 그것도 놀리는 것 같아서 겉으로 하하핫 웃을지언정 속으론 상대를 욕하고 있을지도 모른다. 그러니 앞으로 나에게 이 두 가지 얘기는 하지 않는 걸로. 땅.땅.땅.

금수저에서
흙수저의 나락으로

"그래서 너거 집에 선산은 하나 남아있긴 있고?"

"없다. 와?"

"뭐시 째깨이라도 있고 말해라. 쥐뿔도 없음서 내 잘났네 하지 말고."

"알았다."

너부죽히 입안에서 혀로 돌돌 말아 톡톡 튕겨가며 오물오물 씹어대던 껌 맛이 뚝 떨어진다. 그놈의 어느 날부터 시작된 남편의 선산 타령은 심심하면 튀어나오는데, 반대로 묻고 싶다.

"그러는 당신은 물려받을 선산이 있으신가요?"

산속에서 도를 오랫동안 닦은 어느 법사가 내게 그러더라.

"네 인생을 곰곰이 생각해봐. 그럼 열다섯 살 때부터 스치는 장면에 눈물이 나서 눈을 뜨고 있을 수가 없을 거야."

맞다. 내 인생은 열다섯 살 되던 해부터 망했다. 아니. 어쩌면 그 전부터일지도 몰라.

사실 결혼 생활을 하다 보면 바람을 피우고 싶을 때가 있다. 아니 꼭 바람이 아니더라도 소통할 누군가가 있었으면 좋겠다고 생각하는데, 생각을 행동으로 옮기는 사람은 많아도 걸리는 사람은 드물기 마련이지. 그런데 아주 대놓고 대범하게 행동한 한 남자가 있었으니, 그분으로 말할 것 같으면 바로 우리 집의 대들보, 우리 할아버지이시다.

할아버지는 그 시절에 170cm가 넘는 훤칠한 키에 수려한 외모를 지니셨다. 늘 쾌남 향이 짙게 흩날리는 스킨을 바른 후 동백오일로 머리카락에 윤을 더했으며 새하얀 난닝구 위로 반듯이 다려진 셔츠에 쓰봉을 입고 신사모를 쓴 뒤 약 먹어 발광하는 구두를 신고서 거리를 나섰다. 그러면 이 골목 끝에서 "오빠" 저 골목 끝에서 "오빠". 오빠라서 오빠인지 오빠이고 싶어서 오빠인지 그렇게나 애타게 불러대는 오빠 소리가 요란하게 들려왔다고 한다.

그러던 어느 날 할아버지는 할머니를 불러 앉혀놓고 나긋하고도 덤덤하게 말했다고 한다.

"여보, 나 밖에서 낳은 애가 있는데 데려와야겠소. 이제 당신이 키워주시오."

"농담하지 마요. 정말이면 그 애 어디 한번 데리고 와봐요."

며칠 뒤 할아버지는 정말 자전거 뒤에 애기 하나를 태워 집으로 들어왔고, 그 애기는 나중에 자라서 3남2녀 중 셋째이자 장남인 우리 아빠가 되었다. 이 이야기는 아빠가 성인이 될 때까지도 몰랐다고 하니 아빠는 출생의 비밀을 안고 산 셈이다. 그건 그렇고 밖에서 낳아 온 아들이 마음에 들 리 없었던 할머니는 할아버지 사업을 장남인 아빠가 물려받게 될 것을 염려하며 사업 일을 배우는 것에 대해서 탐탁지 않게 여기셨다. 그런 영향 때문인지 무엇 때문인지 아빠 역시도 딴따라에 흥미를 두며 일을 배우려 들지 않았다. 아빠가 일을 배우지 않는다고 해서 아쉬울 건 없었다. 할아버지가 월급 외에 생활비도 주셨기 때문에 우리 부모님은 경제적으로 여유로웠다.

밍키공주가 한창 우리를 지배하던 1987년 10월 14일, 나는 삼천포에서 금수저를 물고 태어났다. 그때 유치원에 가서 무엇을 배웠는지 서울특별시에는 미안하지만, 꼬꼬마 시절까지만 해도 나는 삼천포시(지금의 사천시)가 대한민국에서 제일 큰 도시인 줄 알았다. 제일 큰 도시에서 '갑부집 딸', '갑부집 손녀' 소리 듣고 자랐으니 얼마나 기고만장해서 입이 야무졌는지 모른다. 그 야무진 입을 우리 집 반경 30m 내에서만 부려 먹고 그 밖으로 나가면 입 닫은 벅수가 되어서 문제였지.

한번은 유치원 때 미끄럼틀을 거꾸로 오르다 떨어져 머리가 찢어졌다. 다른 친구들 같았으면 크게 울거나 선생님을 찾았을 텐데 나는 조용히 구석에 숨어 숨죽여 흐느꼈다. 머리에서 줄줄 흐르는 피를 보고 어떤 친구가 "선생님! 보람(개명 전)이 머리에서 피나요!"라고 이야기해주지 않았더라면 종일 숨어서 흐느꼈을 거다. 그뿐인가. 초등학교 2학년 때까지 나쁜 친구가 "야! 너네 집 부자니까 하루에 500원씩 들고 와" 해서 정말 하루에 500원씩 가져다줬다. 그때 새우깡이 200원이었으니 하루에 500원씩 2년을 갖다 바치면서 컸다. 그만큼 나는 밖에서 소심하고 또 소심했다. 이상하다. 원래 부잣집 자식들은 싸가지 없고 이뻐야 되는데 나는 못생긴 데다 싸가지 있었다. 그래서였을까? 나랑 부잣집 코드가 안 맞았나 보다. 쫄딱 망한 걸 보니.

우리 할아버지는 삼호식품(수산물가공업)을 운영하셨다. 삼천포에서 처음으로 시작한 건어물 공장이었기에 꽤 많은 돈을 벌 수가 있었다. 농 · 축 · 수협은행 VIP 고객이었으며 장롱 속 가운데 칸에는 패물과 값어치 나가는 기념물, 백지수표 · 어음 등이 있었다. 명절이나 무슨 때가 되면 그렇게 집에 선물을 들고 찾아오는 사람들이 많았다. IMF 때 나라가 휘청거리며 많은 실업자가 생기고 많은 사람이 경제적 타격으로 힘든 시간을 보낼 때도 우리 집은 끄덕 없었다. 우리 집이 타격을 입은 건 할아버지가 돌아가시고 나서였다.

할아버지는 한국인이지만 일본에서 자라 미군 통역관으로 활동을 했어서인지 자식들을 자유롭게 키우셨다. 비교적 여유롭고 자유로운 집안 환경에서 자란 아빠와 삼촌은 돈을 몰랐고 두 분은 집구석 말아먹기에 최적화된 인물 시스템으로 발전되어 나갔다.

아빠는 아빠대로 삼촌은 삼촌대로 각자 사업을 벌이며 말아먹으면 또 엎고 벌이기를 반복에 반복. 재산 탕감까지 걸린 시간은 딱 3년 걸렸다. 그런 말이 있더라 '부자 망하고 3대는 옛말, 현대는 부자 망하고 3년 간다'라는 말. 나는 그 말을 몸소 느꼈다. 그렇게 나는 금수저에서 흙수저의 나락으로 떨어져 버렸다.

초록 병 알코올의 파워에너지

헬리콥터 맘이었던 우리 엄마는 초등학교 때부터 사교육에 열을 올려 나를 공부시켰다. 동생은 공부에 타고난 기질이 있어 사교육 없이도 1, 2등을 놓치지 않는 등 우수한 성적을 보였지만 나는 공부에 흥미가 없는 탓에 학원, 학습지, 개인교습, 과외 등 그냥 돈으로 만든 성적이 반에서 3, 4등이었다. 어쨌든 삼천포 전체 상위 10% 이내 성적에 꾸준히 학급 임원으로 활동한 이력은 삼천포에서 진주로 유학 갈 기회를 만들어 주었다.

15세에 할아버지가 돌아가시고 부모님은 공장 안으로 거처를 옮겼다. 그러면서 할머니가 동생과 나를 보살펴주었는데 힘에 많이 부치셨는지 사랑으로만 대하셨던 분이 잔소리만 늘어놓으시기 바빴다. 그도 그럴 것이 동생이나 나나 머리끝부터 발끝까지 엄마가 미리 다 챙겨주고 결정해주었기 때문에 그 일을 할머니가 대신해내기란 쉽지 않았을 거다. 깊어지는 할머니의 짜증과 잔소리에 엄마는 나를 진주에 있는 고등학교로 진학시켰다. 나는 하숙하길 희망했지만, 엄마는 나를 큰이모집에서 살게 하였다.

타지에서 생활하는 건 적응하기 힘들었다. 이모집이었지만 편하지도 않았다. 남몰래 서러워 울 때도 많았다. 그러면서 공부에서도 손을 아예 놓아버렸다. 방황을 한 건 아니지만 내가 부릴 수 있는 최대한의 투정은 경제적으로 어려워진 엄마, 아빠가 힘들게 벌어서 준 용돈을 한순간에 허비하는 것뿐이었다.

고3이 되고 엄마가 진주로 올라왔다. 이모가 재개발 지역에 사둔 아파트에 엄마랑 월세로 들어가 살기로 한 것이다. 12평 남짓의 주공아파트. 엘리베이터도 없는 이 낮고 허름한 아파트에 사람들이 복작복작 사는 게 너무도 신기해 보였다.

처음엔 집이 너무 작아서 개집에 들어가는 기분이었다. 다른 건 다 떠나서 심심하면 처음 보는 곱등이와 바퀴벌레가 마구 튀어나오는 집이었지만 이모집을 벗어나 엄마랑 같이 살 수 있는 것만으로 좋았다. 그러나 땔거리가 없어 엄마가 식당에서 일하고 남은 음식을 싸 오면 그걸로 끼니를 해결해야 했다. 12평짜리 아파트에서 다섯 식구가 복작대며 살았다. 막일의 현장을 오가는 아빠와 엄마, 나 그리고 180cm에 90kg은 거뜬히 넘을듯한 거구의 남동생과 내 친구까지 네다섯 식구가 살기에는 집이 너무나 작았다.

내 친구는 일찍이 아빠가 돌아가셔서 가정형편이 넉넉지 못했다. 한데 자기 엄마에게 남자친구까지 생기자 사춘기에 마음 붙일 곳이 없어 하숙 생활을 힘들어하기에 땔거리도 없는 우리 집이었지만 함께 살자고 제안했고 친구는 좋다고 했다. 이 모든 식구가 새끼 제비처럼 입만 벌리고 엄마가 마냥 구해오는 돈이나 먹다 남은 음식을 받아먹으며 생계를 계속 유지해 나가기에는 무리수가 따랐다. 그리고 무엇보다 겨울에 좀 따뜻하고 싶었다. 뜨끈한 방과 온수가 어찌나 그리운지. '돈이 원수다. 우리 돈 벌자!'라며 친구와 나는 아르바이트를 시작했다. 수능이 끝나고 친구와 나는 같이 집 근처에 있는 고깃집을 아르바이트 장소로 정했다.

그러나 우리의 선택은 잘못된 듯했다. 첫째는 그 집이 동네에서 가장 손님이 많은 고깃집이었고, 둘째는 그릇 재질이 모두 사기그릇이어서 쟁반 무게가 삶의 무게와 같았으며, 셋째는 기본 상으로 쟁반이 세 번 나간다는 거였다. 그때는 웨건도 없었고, 24개의 테이블이 모두 좌식이었으며, 상을 치우기가 무섭게 손님들이 들이닥쳤다. 결국, 친구는 이틀 만에 잠적하였고 나는 오기와 손님이 먹다 남긴 소주의 힘으로 버티며 일했다. 그 덕에 고기도 많이 먹고 용돈과 팁도 받았으니 실보다 득이 컸다.

몸무게도 얼마 안 나가던 그때 고깃집에서 무거운 쟁반을 들고 온종일 일하고 나면 완전 녹초가 되었다. 발바닥이 아파서 걷지를 못할 정도였다. 그래도 돈을 벌어야 했으니 사장님 몰래 홀서빙 이모와 함께 손님들이 남기고 간 소주를 한 잔씩 마셔가며 일했다.

사장님은 내가 얼마 못 가 일을 그만둘 줄 알았는데 제법 버티는 걸 보고 아르바이트비 외에 가뭄에 단비 같은 용돈을 5만 원씩 지갑에 척척 찔러 넣어주시기도 했다. 웃긴 건 왜 그랬는지 모르겠는데 찬모 이모들과 엄마를 친구로 맺어줬다는 사실이다. 그리고 그사이에 나도 끼어서 놀았다. 그녀들의 우정은 아직도 이어져 오고 있어 보기 좋다.

홀서빙 이모가 술을 마실 때마다 나에게 누누이 “여자는 말이다. 항상 빤스를 잘 벗어야 해! 특히 시집갈 놈한테는 말이다! 으잉!”이라고 그렇게 얘기했는데 이러고 사는 거 보니까 아마도 이모 말을 콧구멍으로 듣고 빤스를 잘못 벗었나 보다.

나도 훗날 가정을 이루고 살면서 경제적으로 삶이 힘들었을 때 하루를 살아내려 술로 나를 채웠던 적이 있다. 아마 엄마도 그런 마음으로 술을 드셨을 것이다. 엄마도 그랬다. 술도 못 드시는 분이 술에 가득 취해와서 사설이 길다.

“보혜야, 엄마가 너 대학 가면 예쁜 옷도 사주고 가방도 사주고 구두도 사주고 이쁘고, 이쁘고, 이쁜 것들로만 백화점에서 다 사주려고 그랬는데 그렇게 못 해줘서 미안해.”

금방이라도 후두둑 떨어질 듯한 눈물을 눈망울에 머금고 나를 응시하며 내 머리를 쓰다듬길 여러 번. 그러다 곧 쌓여 있던 눈물이 하염없이 흘러내리기 시작하며 자신의 설움에 복받쳐 몸조차 못 가눌 지경에 다다른다.

잠시 진정하고 일어선 엄마는 옷장이 없어 임시로 마련해둔 행거 위 뒤죽박죽 널린 옷가지들 사이로 몸을 가누지 못해 풀썩 이내 처박혀버린다.

자기 몸 하나 누우면 공간의 끝인 자기 방에서 이런 모습을 귀로 다 듣고 있던 마음 여린 사춘기 남동생은 우울증 증상이 심했나 보다. 손목 자해를 했더랬다. 며칠을 숨기며 혼자 썩어서 곪아가는 깊게 파인 손목의 상처를 끙끙 앓다가 내게 보여주며 엄마 때문에 못 죽었다고 했다. 안쓰러운 마음에 동생을 꽉 부둥켜안고 펑펑 울었다.

"우리 다시 일어설 수 있어. 어리석은 짓은 다시 하지 말자."

사람들은 금수저가 되기를 꿈꾼다. 나는 태어날 때는 나름 금수저였다. 삼천포 금수저. 어쩌다 흙수저의 나락으로 추락해버리고 말았지만.

그래도 받고 자란 사랑이 많아서인지 항상 밝고 씩씩했다. 그때의 어려움은 그다지 나에게 큰 문제가 되지 않았다. 나는 천천히 슬기롭게 극복해 나갔다. 돌이켜보면 스스로가 대견할 만큼 말이다.

네가 바로
내 인생의 로또

아는 언니가 그러더라.

"너네 부부도 서로가 서로에게 로또냐?"
"응? 그게 무슨 말이야?"
"서로 당첨될 확률이 없을 만큼 안 맞는 사이냐고, 우리는 그래."
"아, 그 말이었어?"

그렇게 얘기하고 보니 나에게도 남편은 로또이다. 맞아서는 안 될 로또. 아주 위험한 로또.

수능을 마친 뒤 고깃집 아르바이트를 시작으로 대학생 때는 조개구이집, 호프집, 피시방, 옷가게, 학생 과외, 휴양림 안내원, 실험실 연구원 등의 아르바이트를 했었다. 피시방을 제외하고 모두 적성에 잘 맞았다. 아빠가 할아버지께서 들어놓은 교육보험에 손을 대지만 않았더라도 상황이 조금 괜찮았을 텐데 하는 엄마의 한 섞인 목소리가 지금도 어디선가 들려오는 듯한 느낌적인 느낌이랄까. 내가 대학에 진학하고 2년 뒤 동생도 대학에 진학하게 되면서 장학금 수령 여부와 관계없이 나는 계속해서 학자금 대출을 받았었고 생활비 외에도 더 많은 돈이 필요했다. 그래서 낯선 곳이었지만, 급여 조건이 좋은 성인오락실에서 야간 아르바이트를 한번 해보기로 했다.

환전하는 오빠가 계단을 휙 스치듯 지나간다. 오늘도 비누 거품의 잔향이 무심하게 퍼진다. 가끔 환전실에서 오락실로 내려오면 넋 놓고 어딘가를 응시하다가 나를 쳐다본다. 내가 고개를 돌려 쳐다보면 시선을 피한다. 테이블 위 내 핸드폰을 가져가더니 자기 번호를 찍고서 다시 툭 던져준다.

'이거 뭐 하는 거지? 썸각인가? 얼라리? 기다려도 전화가 안 온다. 메시지도 안 온다. 먼저 문자를 보냈더니 단답형 답문으로 끝이다. 이거 뭐지?'

그때였다. 한 직원이 3층 행님이 라면 하나 끓여 오랬다며 나더러 끓이란다.

'3층 행님이면… 환전하는 오빠잖아?' 환전하는 오빠가 먹을 거란 생각에 정성 들여 라면을 끓였다. 그런데 잠시 후 그 직원이 와서는 "야, 3층 행님이 이리 맛없는 라면은 첨이란다"라고 말하는 것이었다. 사실 라면은 내가 끓이는 게 아니었다. 기계가 끓여서 물양도, 스프 양도 평상시랑 다를 바가 없었다. 그런데 저런 반응이라면 분명 나에게 관심이 있다는 뜻인 것 같았다. 호구조사가 필요했다. 그리하여 낮에 환전해주는 깡패 형에게 물어보았다.

"인규 오빠! 밤에 환전해주는 사람 이름이 뭐예요?"

"누구? 선규 행님?"

"몇 번이나 물어도 진짜 망구가 이름이라고 하던데, 망구가 아니라 선규였네요! 나이는요?"

"행님? 서른."

"네? 저랑 다섯 살 차이 아니었어요? 그것도 많다 생각했는데 여덟 살이나 차이나요? 맙소사."

"와? 먼일인데?"

남편은 당시 유흥업소를 상대로 음료 유통사업을 해오고 있었다. 그러다 보니 돈을 쉽게 또 많이 벌었다. 처음엔 돈이 있는 사람인 줄 몰랐다. 그저 비누 향과 함께 일관된 무뚝뚝함에 끌렸는데 졸졸 쫓아다니면서 보니 차가 번쩍번쩍하고 현금이 얼마나 많던지 항상 지갑이 빵빵해서 닫히지 않았다.

한번은 된장찌개가 먹고 싶다고 해서 마트에서 장을 본 뒤 오빠 집으로 갔다. 깔끔한 화이트톤의 벽돌 빌라에 현관문을 열고 들어서자 황금빛 대리석 바닥. 신발장 옆으로 골프채들이 놓여있고 거실에는 양주장과 벽면 TV, 부엌에는 양문형 냉장고와 드럼세탁기 등 최신식 가전 · 가구들이 있었다. '그래, 이 사람이야. 이 사람이 내가 결혼할 사람이야.'

스물두 살에 선규 행님을 처음 만나 졸졸 쫓아다니다 스물세 살에 나는 완전히 이 사람이 나를 구원해줄 거라며 멋도 모르고 미친 듯이 덤벼들었다. 그것이 내가 죽는 길인 줄도 모르고. 엄마에게 뺨까지 맞아가며 집을 뛰쳐나와 동거를 시작했다. 그렇게 1년, 임신을 하게 되었다. 선규 행님은 임신을 하였으니 당연히 나를 책임지려 했지만, 우리 집에서는 동거를 하고 있음에도 선규 행님의 직업, 학력을 들먹이며 못마땅해했다. 그러면서 낙태하길 원했다. 그러나 한창 낙태금지법이 떠들썩할 때라 뒷돈을 주고도 낙태할 수 있는 곳을 찾지 못했고 어쩔 수 없이 엄마는 상견례 날을 잡자고 하셨다.

아기는 연을 맺어주기 위해 왔었나 보다. 결혼식 날을 잡고 청첩장을 돌리고 나자 약속이나 한 듯 자연유산 되고 말았다.

허황된 대박은 쪽박을 낳는다

대학교 졸업 후 나는 바로 그해 2010년 5월, 봄의 신부가 되었다. 신랑 측 우인보다 신부 측 우인이 더 많은 결혼식이었으며, 눈물 글썽이는 부모를 앞에 두고 좋아서 웃음 짓는 신부가 어쩌면 방정맞아 보이던 결혼식이었다. 남편은 긴장해서 어쩔 줄 몰라 했는데, 난 무대 체질이라 그런지 전혀 긴장하지 않았다. 나 빼고 다 긴장한 듯했다. 아빠도 내 면사포를 밟아 나를 "악!" 하고 뒤로 넘어뜨려 비명횡사하게 할 뻔했으니 말이다.

이 세상의 모든 신부가 눈물을 글썽인다는 양가 부모 인사 시간에도 좋아서 히죽이던 나였다. 맛이 제대로 갔었다. 남편에게 맛이 간 것보다 남편이 가진 돈에 맛이 더 간 나였다.

나는 참 바보였다. 그러고 보면 남편은 나에게 돈을 쓰지 않았다. 연애 시절부터 동거하면서 결혼 생활에 이르기까지 남편에게 받은 선물이라곤 팔찌 하나가 전부다. 그것도 내가 '반지, 반지' 노래를 불러 초등학생 우리 아들이 아버지에게 엄마 반지 하나 좀 제발 사다 줄 것을 강력히 요구하면서 이뤄진 거다. 결혼기념일, 생일…… 아무것도 없다. 심지어 프러포즈도 받지 못했다. 그만큼 무뚝뚝한 남편이다.

얼마나 무뚝뚝한지 자기랑 나랑 둘이 붙어 걸으면 무슨 큰일이라도 나는 줄 안다. 기본 1m 이내 접근금지는 물론이거니와 단둘이 본 영화도 단 1편이 끝이다. 그것도 따로 걸어 들어가 나란히 앉아서 정직하게 영화만 보고 따로 걸어 나와 다시 차를 타고 집으로 향했던 기억이 선명하다. 내가 이런 말을 하면 사람들은 묻는다. "그럼 애는 어떻게 만들었니?"

아이러니하게도 관계를 맺음에 있어서는 아주 적극적이었다. 평생 맺을 관계를 초반기에 다 맺어버려서 결혼 이후에는 방임되고 있다. 연중행사처럼 치러진달까.

"언니야! 내는 1년에 다섯 번 했는데, 1월에 두 번이나 했더라."
"야! 니는 남편한테 고마워해라!"
"왜?"
"신년이라고 자기 딴에는 신경썼구만."

흥부전을 보면 어느 봄날 흥부가 구렁이에게 공격당하는 제비를 도와준다. 그런데 아니 글쎄 그 새끼 제비가 다리가 부러져 있는 게 아닌가! 그것을 본 흥부는 성심성의껏 제비 다리를 치료해주고서 박씨를 얻는다. 그리고는 제비에게서 얻은 박씨를 심었는데 박이 어마무시하게 자라더니 그 속에서 온갖 곡물과 금은보화가 쏟아져나와 흥부네는 순식간에 부자가 된다. 이 소식을 들은 놀부가 제비 다리를 강제로 부러뜨린 다음 제비 다리를 고쳐주고서 박씨를 얻는다. 그리고는 얻은 박씨를 심어 키운 뒤 박을 타자 그 안에서 도깨비와 40인의 도둑 그리고 똥물들이 우르르 쏟아져 나와 완전 혼이 났다는 옛이야기가 있다.

결국 놀부는 대박을 노리다가 쪽박을 찬 셈이다. 나 역시도 대박을 바라서인지 쪽박을 찼다. 나에게 있어 결혼은 대박을 꿈꾸는 일이었다. 사장님 차 XG그렌져3.0을 타고 지갑이 닫히지 않을 정도로 현금을 빵빵하게 넣고 다니던 그 남자는 당시 20대 초반이던 어린 내 눈에 경제력 있어 보였고, 나를 구제해줄 줄 알았다. 신은 너무나 사랑하면 빼앗아 가버린다더라. 나는 남편의 경제력을 너무나 사랑했다. 그리고 신은 나더러 정신 차리라는 뜻에서 남편의 경제력을 빼앗아 가버렸다.

결혼 전에는 먹고살기 위해 고깃집을 시작으로 PC방, 호프집, 조개구이집, 휴양림, 녹차연구소, 과외, 성인오락실 등 여러 아르바이트를 했었고, 결혼 후에는 역시나 먹고살기 위해 병원코디네이터, 화장품 방문판매, 백화점 의류판매원, 실크 검단원, 사무경리, 보험 · 카드 영업, 학습지 방문교사, 체험농장 사무장, 마케팅 직원 등 여러 직업에 온 열정을 쏟아부어 보았다. 여러 가지 직업의 인간 군상 속에서 찾은 공통된 법칙은 성공한 자는 내가 할 수 있는 것에 대한 꾸준함은 있어도 허황됨은 없다는 것이다. 내 인생에 있어서 허황됨은 결혼밖에는 없다. 결혼이 대박인 줄 알았기 때문이다. 그렇게 허황된 대박은 쪽박을 낳는다.

미친 싸움닭으로의 빙의

2010년 봄, 그맘때쯤 학생들도 불법 토토를 한다고 뉴스에 나올 만큼 불법 스포츠가 토토가 한창 성행하였다. 보통 불법 토토의 경우 해외 서버에 사이트를 두는데 그때 진주 사람이 국내 서버를 잠시 연 적이 있었단다. 그리고 다른 사람을 매칭하면 그에 따른 소개 수수료와 함께 매칭한 이가 잃는 돈에 대해서도 일정 금액을 먹는다고 하니 이런저런 기회로 남편이 친구에게 걸려들어서 불법 토토의 길로 접어든 것이었다.

당시 음료 유통사업을 했던 남편은 경제력도 있었고 내가 유산 후 다시 임신하자 피우던 담배와 술도 단번에 끊었던 사람이었기에, 그저 해봤자 남자들 담뱃값이나 많아야 술값 정도를 쓰겠거니 하고 두고 보았다. 나중에 이것이 나에게 화근이 되어 돌아올 줄 모르고서 말이다.

임신 6개월 즈음 되니 남편은 중독자처럼 토토에 빠져들었다. 잠도 제대로 못 자고 TV, 컴퓨터, 핸드폰은 물론 남편의 모든 신경과 감각은 스포츠로 향했다. 아마 이때 가진 돈을 거의 다 잃었던 게 아닐까 싶다.

많아야 하루에 4시간 일하며 많은 돈을 움큼움큼 벌었던 남편은 매일 사우나를 다녀와서 광대가 반질반질하니 은은한 복숭앗빛이 났었다. 내가 홀렸던 비누 향의 비밀이 매일 가는 사우나에 있었던 것이다. 그랬던 남편 얼굴이 어느 날 보니 턱수염과 콧털이 삐죽삐죽 솟아 나와 씻어도 완전 냄새나게 생긴 말 그대로 몰골이 썩은 인간몰상이 되어 있었다. 그렇게 일확천금을 향한 남편의 탐욕은 모든 돈을 잃은 뒤에야 끝나는 듯했다.

아이가 태어나니 살림살이는 더욱더 힘겨워졌다. 시댁이 하동 촌이라 쌀농사를 지어 다행히 쌀은 팔아 올 수 있었지만, 반찬거리는 하나도 없어 늘 냉장고는 휑하니 텅텅 비어 있었다.

흔하디흔한 달걀은 무슨, 냉장고에 있는 거라곤 전기가 돌 때 감도는 냉기와 촌에서 가져온 김치뿐이었다. 집에서 쓸 화장지조차 없었고, 전기와 가스도 들락날락, 유선염으로 젖 한번 물리지 못한 아기는 빈 분유통 앞에서 배고파 울기에 바빴다.

이 소식을 전해 들은 내 친구들은 십시일반 돈을 모아 화장지며 부식 거리, 아기 분유와 기저귀, 옷 등을 종종 사다 넣어주고 가곤 했다. 또 기죽지 말고 힘내라며 좋고 예쁜 옷 한 벌 사 입으라며 백화점 상품권과 마트 상품권도 잊지 않고 선물해주었다. 그러면 나는 그걸 아껴두었다가 아기나 나에게 쓰지 않고 남편을 위해 썼다.

그런데 그 와중에 남편 친구가 돈을 갚으라고 나에게 연락이 왔다. 그것도 큰돈도 아니고 7만 원이었던 걸로 기억하는데, 그 대단한 우정에 화가 나서 눈이 돌았다. 그때부터가 시작이었다.

내 정신이 정상적이길 포기한 순간이. 미친 싸움닭이 되어서 파르르 날뛰기 시작했다.

남편이 나가고 아기와 나 단둘이 있는 낮엔 집에 찾아오는 손님이 그렇게 많았다. 캐피털 직원이든 카드사 직원이든 돈과 관련해서 찾아오는 사람은 누가 되었든 무섭지가 않았다. 올 테면 와봐라! 싸울 테면 싸우자! 식이었다. 이미 반쯤 돌아서 미친 싸움닭으로 빙의가 되어 있었기 때문이다. 그때 내 나이라고 해봤자 고작 스물다섯에 불과했다.

끝은
새로운 시작이다

싸이월드는 우리의 추억을 참 많이 품고 있는 것 같다. 나는 싸이월드를 두 번 열었다. 첫 번째는 첫사랑과의 추억이 가득해서 다 지워 버렸고, 두 번째는 고3 때부터의 사진과 일기가 있는데 대부분 우울한 시절 속의 일이다 보니 욕지거리밖엔 없다. 그나마 멀쩡한 글은 통통 튀는 게 제법 슈팅스타 같은 매력이 있기도 한데 흉내 낼 수 없어 아쉽다.

그때 핸드폰이 끊기면 인터넷으로 연락을 취했다. 당시 밀린 인터넷 요금도 해결한 지 불과 얼마 안 됐으니 그간 캐피털, 카드사, 공과금을 비롯해 얼마나 다양한 장르와 사람들로부터 온갖 독촉과 압류에 시달렸는지 말로 어떻게 다 표현할까 싶다. 물론 아직 진행 중인 것도 있지만.

남편도 남편이었다. 전화를 받으면 되지 피한다고 상책인 것도 아닌데 일방적으로 전화는 받지 않고 집만 비우면 다인가? 연락은 안 받는다 쳐도 집으로 찾아오는 사람을 한 살 난 아기랑 스물다섯 살인 내가 무슨 수로 막냐 이거지. 집에 없는 척을 하라고? 조그마한 아기가 없는 척이 돼야 말이지. 울기라도 하면 어쩌려고. 이 무슨 말이 되는 소리여야 말이지. 어느 날은 정장 입은 건장한 남자 두 명이 우리 집 현관문을 두드렸다.

"이선규 씨! 이선규 씨 댁 아닙니까?"
"네, 맞는데요."
"○○캐피털에서 왔는데요. 이선규 씨 안 계십니까?"
"없는데요. 왜 그러시는데요?"
…(중략)….
"저희도 돈을 받는 입장이지 않습니까?"
"나한테 말하지 말고 그놈한테 가서 직접 말하라고! 내가 도박했냐고! 내가 당신들 돈 갖다 썼어? 왜 나한테 와서 지랄이냐고요!"
"흥분하지 마시고요."
"돈 될 거 있나 어디 들어와 보세요! 이미 내 몸에 있는 금붙이도 전당포에 갖다 넘기고 못 찾아온 놈이니까! 받을 수 있음 재주껏 받아 가시라고!"

돈과 관련된 일이나 대화라면 나는 한껏 가시 세운 고슴도치가 되거나 백만 볼트를 쏘는 피카츄가 되어 날뛰었다. 그도 그럴 것이 남편이 그저 좋아 죽던 나는 아들 태환이의 돌 반지가 어느 날 다 사라졌는데 남편 말대로 집에 도둑이 들었다 믿었으며, 돈이 없어 힘들어하길래 할아버지 유품을 녹여서 차고 있던 금붙이와 결혼반지를 갖다 팔아 쓰라며 다 주었다. 남편은 그걸 전당포에 가져갔는데, 주인이 돈을 200만 원 내어주며 더 필요하면 더 준다는 말에도 금방 찾으러 올 거라며 딱 50만 원만 받고 나왔단다. 이런 병이 있을까.

불이 안 들어온다. TV도 안 켜진다. 정전이다! 아니 옆집은 시끄럽다. 알아보니 전기가 끊긴 거였다. 낮이라 다행이긴 한데 아무것도 모르고 빠당거리는 아가야 눈을 쳐다보니 괜히 서러워 눈물이 났다. TV를 아직 알지 못해서, 떼쓰지 않아서, 집에 전기가 나갔단 걸 네가 알아채지 못해서 다행이다. 고마워 나의 아가 태환아…….

우리 빌라는 도시가스가 공급이 안 된다. LPG 가스를 이용하고 있는데 사설 업체에서 공급을 맡고 있다. 아기가 갓난쟁이일 때와 그전에 밀렸던 요금까지 있으니 온수만 이용해도 가스비가 계속 불어나갔다. 우리 집 한 가구 밀린 가스비 때문에 빌라 전체 가스 공급을 중단하겠다고 했다. 가스를 끊으러 사장님이 들렀다. 우리 집을 찾았다.

나는 또 가시를 곧게 세우고 맞았다. 그때 겨우내 보일러를 한 번도 틀지 않아 차가운 돌바닥을 추워서 발갛게 튼 볼을 하고서 빨빨거리며 태환이가 나를 찾아 밖으로 기어 나왔다.

한창 열 올리며 밀린 가스비 얘기를 하던 사장님은 태환이를 보더니 자기도 딱 그만한 손주가 있는데 젊은데 안됐다며 열심히 살아서 밀린 가스비는 조금씩 갚으라고는 말씀을 해주고 가셨다. 얼려진 가시처럼 차갑고 아픈 말들만 무성했던 그때 사장님의 한마디는 독기로 똘똘 뭉쳐서 바들바들 떨기만 하던 나를 안도감 속에 녹아 주저앉게 했다.

모든 걸 다 잃고 머리끝부터 발끝까지 탈탈 털어 '성실'이란 한 단어밖에 나올 게 없던 남편은 낮에는 농산물 도매상에서 새벽과 저녁으로는 농지로 비닐하우스를 지으러 다녔다. 이젠 정신을 차리는 듯했다. 성실히 일하는 모습에 우리의 형편도 나아지리라 믿었다.

하지만 그것은 알량한 내 믿음에 불과했을 뿐, 남편은 본전 생각에 일하며 수금한 돈까지 몽땅 도박에 가져다 썼고 월급은 커녕 일할수록 갚아가야 할 빚만 더 늘어갔다. 살길이 정말이지 보이지 않았다. 고생이 이젠 끝났다고 생각한 순간, 그 끝은 새로운 시작이었다.

내 사주를 탓하지 마!

미친 싸움닭이 되어 싸우는 것도 지쳐갈 때 즈음 살이 10여 킬로그램이나 빠지면서 온전히 정신을 놓았다. 이유 없이 온몸이 아팠다. 이러다 죽을 것만 같아 친정엄마에게 손을 벌려 종합검진을 받았다. 이상하게도 몸에 전혀 이상이 없다. 진통제도 듣지 않았고 계속된 불면의 밤은 나를 괴롭혔다. 애써 괴로운 마음을 술로 달랬다. 양주 진열장에 있던 양주는 한 병씩 비어져 나갔다. 독한 술로 나를 채워도 취기가 오르지 않았다. 뚜렷한 정신이 싫었다.

보다 못한 엄마는 간단한 짐만 챙긴 뒤 나와 아이를 집에서 끌고 나왔다. 그렇게 힘들면 남편과 살지 말라고 했다. 그런데 얼마 못 가 나는 뺨을 맞고 짐 싸서 집을 나갔듯 또다시 태환이를 업고 바리바리 짐을 싼 채 그 지옥 굴속으로 내 발로 기어들어갔다. 남편이 죽이고 싶도록 미운데 그만큼 또 좋아서였다.

엄마 손에 끌려나갔다 집에 기어들어 가길 두 번을 반복했다. 답답했던 엄마는 그사이 용한 점집을 찾았나 보더랬다. 내가 신병이란 소리를 들었단다.

신병이라니! 위중한 병에 걸려도 사람 심리가 사실 여부를 확인하기 위해 더 큰 병원을 찾게 돼 있다. 엄마도 그랬다. 내가 정말 신병인 건지 용하다는 점집은 전국구로 찾아다녔다. 열에 아홉은 시기의 차이일 뿐 귀신을 탄다거나 내가 신의 제자가 될 몸이라고 했다. 사주팔자 여덟 글자 중 여섯 글자를 무당 글자로 타고난 데다 귀문관살까지 있어서 그렇다고 했다. 그래서 하라는 굿은 다 했다.

엄마는 지푸라기라도 잡는 심정으로 굿을 했겠지만 난 가끔 헛웃음도 나왔고 여기서 조금만 더 미치면 온종일 실성한 듯 웃을 수도 있을 것 같았다. 물론 여태까지는 장난삼아 영이 맑니 마니 이런 얘기는 들어왔지만 진짜 무당이 되어야 한다니 정말 기가 막히고 코가 막힐 노릇이 아닐 수 없었다.

시나위(무당굿 할 때 즉흥적으로 연주되는 반주)는 점점 거세져 가고 그에 맞춰 무녀의 칼이 내 가슴을 타고 내렸다. 그때 굿판 징 소리에 흥이 올랐는지 딩가딩가 엉덩이춤을 추는 두 살배기 아들내미가 내 시야에 들어왔다. 그 순간 시나위 리듬 위에 올라선 내 감정이 터질 듯 울려댔다.

또 어느 스님은 날 가르쳐 제자로 삼겠다며 두 살배기 아이와 나를 제주도로 데리고 들어갔다. 아이와 내가 묵을 방에는 거미줄과 죽은 벌레들이 여기저기 널려 있었다. 방을 대충 치우고 나니 저녁을 먹으란다. 밥상 위에 덜렁 놓은 배추김치와 흰 쌀밥. 아직은 이유식을 먹어야 할 아이에게 김치는 매워 흰밥을 맹물에 꾹꾹 말아 아이 입에 떠 넣어주고 나도 한 숟가락 입에

넣으니 어찌나 참담한지 소리 없는 통곡만이 계속 나올 뿐이었다.

여긴 내가 있을 곳이 아니란 생각이 들었다. 어떻게든 나가야겠단 생각에 기지를 발휘했다. 포대기에 업고 있던 아이 허벅지를 꼬집어 계속 울려댔다. 그리고 스님을 찾았다.

"스님, 저는 공부에 매진하고 싶은데 아이가 이렇게 자꾸 울어대니 집중할 수가 없네요. 내일 날 밝은 대로 뭍에 나가 아이를 어디에든 맡기고 돌아오겠습니다."

그렇게 옷가지도 다 버린 채 도망치듯 이튿날이 되어서야 나와 아이는 몸만 제주도에서 빠져나올 수 있었다.

점이란 게 그렇다. 타로도 배워봤지만 믿고자 하면 끊임없이 그 방향대로 나아가게 된다. 어차피 인간의 육신이든 정신이든 수만 가지인 듯 보이나 묶어보면 열 가지로 나뉘고 또 묶으면 아홉이요, 여덟이요, 일곱, 여섯, 다섯, 넷, 셋, 셋은 둘이요, 둘은 곧 하나다. 하나의 세상은 둘인 음양의 조화로 굴러가고 그 안에 삼위가 있으며 사상이 존재하고, 오행이 있고, 육신과 칠정, 팔괘와 구궁, 십 완성이 이루어진다. 이 말인즉슨 순리대로 흘러간다는 거다.

무당이라고 영적일 순 없다. 자연히 순리대로 흐를 테니 어떠한 존재나 점괘에 나를 맡기지 마라. 또한, 자신을 믿어야지 자기를 믿어서는 안 된다. 쉽게 말해, 자기는 내 생각이고 자신은 자아의 생각이나 정신쯤이라 말하면 이해하기 쉬우려나.

이날 이후 엄마는 역학을 배웠다. 그리고 나에게 귀문관살이 있다고 말했다. 그래서인지 여전히 나의 예지력을 믿는 눈치다. 나는 이 사건 이후 웬만한 종교를 섭렵하면서 철학과 도를 익혔다. 사실 어떻게 보면 사주팔자 여덟 글자 자체가 모두 귀신 글자다. 그러니 사주팔자 여덟 글자 중 여섯 글자가 무당(귀신) 글자라는 말은 별 의미가 없는 것이다.

아무튼, 난 그 어떤 종교도 그 어떤 존재도 안 믿는다. 그러니 내 사주를 탓하지는 마!

타의로
열정의 문을 닫다

우리 태환이가 23개월이던 2013년 2월, 제주도에서 도망치듯 나온 뒤 태환이와 나는 엄마 집으로 갔다. 집이 아닌 낯선 새로운 곳으로 가고 싶었다. 나를 아는 이가 아무도 없는 곳으로. 그곳에서 뒤죽박죽 얽히고설킨 생각들을 정리하고 싶었다. 무작정 저 멀리 떠나고 싶기도 했으나 갈 만한 곳도 여비도 마땅찮았다. 때마침 엄마가 울주군 진하해변 근처로 이사를 가 있었고 아쉬운 대로 엄마 집으로 향했다.

사람이 생각이 너무 많아 복잡할 대로 복잡해지면 생각 없이 멍해진다. 마치 연필의 흑심으로 황칠을 해나가다 보면 하나의 검은 점이 되어버리거나 종이가 뚫어져 나가버리는 것처럼. 그렇게 내 생각들도 아주 복잡하게 뭉쳐서 없는 듯 조용히 숨죽이고 있었다. 그러다 보니 내 하루는 우울하고 단조로워졌다. 나에게서 더는 생산적인 활동을 기대하기란 어려워졌다. 그저 곰처럼 잠을 자거나 뭐에 홀린 듯 애니팡에 빠져 순위를 올리는 등 둘 중 하나에 그쳤다. 그러자 안 그래도 부족한 모성애를 가진 내가 두 살배기 태환이를 더 안일하게 여겼다.

당시 엄마는 그렇게 굿을 하고 난리를 쳤음에도 스물다섯 나이에 멍하니 비실비실하는 내가 답답해 보였는지 뭐라도 해서 자립해 일어서길 바랐다. 난 우유부단한 성격에 자립심과 결단력이 없는 편이라 매일 같은 엄마의 헬리콥터 프로펠러 소리에 내 귀가 푸라락 날아가 버렸다.

태환이가 아직 어리니 병원 일 같은 몸이 매이는 일은 할 수가 없고 엄마의 조언대로 비교적 시간이 자유로운 화장품 방문판매 일을 시작해보기로 했다. 마침 친구 엄마가 아모레에 연봉 1억이 넘는 수석지부장으로 계셔서 친구 엄마의 도움을 받아 그해 봄부터 일을 시작했고 나는 빠르게 정착할 수 있었다. 비누 하나도 포푸리 포장을 하여 꼬리표를 달아 손글씨로 메모를 하는 등 남보다 정성을 두 배로 들이는 전략을 썼더니 소개 영업이 의외로 잘 됐다.

화장품 방문판매는 일종의 영업직이라 기동력이 있으면 좋은데 나는 차가 없는 뚜벅이 영업을 했다. 말이 좋아 뚜벅이 영업이지 워낙 움직이는 걸 싫어해서 제품 전달은 택배로 거의 다 해결해버렸다. 그래도 가끔은 직접 가져다줘야 할 때가 있었는데 그럴 땐 날 잡아 움직이다 보니 양손 가득 제품으로 짐이 많았다. 하루는 진주 외곽지역으로 버스를 타고 나가게 되었는데, 고객이 양손에 들린 내 짐을 보더니, 제품을 전달받고 들어가는 걸음에 돌아와서는 쥐어진 내 주먹 틈 사이로 만 원짜리 한 장을 끼워 넣으며 "아야~ 짐도 무거운데 택시 타고 가라" 하고는 다시 돌아가셨다. 나는 손에 만 원을 쥔 채 택시 타는 척을 하다 택시비가 아까워 버스를 탔다.

버스를 타고 가다가 문득 '이 돈으로 뭐하지?' 이런 생각이 스치면서 태환이에게 장난감을 사주고 싶단 마음이 생겼다. 눈에 문구점이 띄기만을 기다리다 버스에서 내렸다. 내려서 보니 작은 문구점이었다. 장난감이 없을 것 같은 분위기라 괜히 버스비만 날린 거 아닌가 걱정하며 들어섰는데 주인의 환영 인사가 너무나 힘찼다. 마치 손님이 오기만을 기다렸던 것처럼. 종류는 많지 않았지만, 다행히 저쪽 구석 한편에 장난감 판매대가 작게 꾸려져 있었다. 태환이에게 멋진 장난감 자동차를 사주고 싶은데 만 원으로는 언감생심이었다. 그저 내 자격지심 때문이었을까 장난감을 고르는 내 손길 위로 쭈뼛함이 서려 들었다.

무슨 고집이었을까. 그냥 낚시 놀이 이런 걸 사서 같이 놀아줘도 되었을 텐데 그냥 그땐 자동차여야 했었는지 자동차만 보였다. 한 대에 7천원. 손바닥보다 작은 미니 자동차들이 몇 종류 있었다. 경찰차 모양을 골라 계산한 후 품에 안고 나왔다. 조그마한 자동차 하나를 품 안에 안고 있으니 문득 만 원짜리 종이 한 장이 주는 감사함과 가혹하디 가혹한 잔인함에 어찌나 만감이 교차하며 요동치던지 도저히 감정을 수습할 길이 없더랬다. 나는 흐르는 눈물 때문에 버스를 타는 것도 포기한 채 한 시간 남짓을 흐느끼며 집까지 걸어갔다.

나는 더욱 열심히 일했다. 빨리 돈을 벌어 이 구질구질한 삶을 벗어나고 싶었으므로. 마냥 돈만 좇진 않았다. 열정이 있었기에 일에 정성과 마음을 다했다. 덕분에 지인과 고객을 통한 소개 영업이 꼬리에 꼬리를 물어 크게 실적이나 마감 걱정도 없었고, 1년 뒤 팀장도 되었다. 이렇게 열심히 하다 보면 수석지부장님처럼 멋진 커리어우먼이 될 거라 생각했다.

내가 다녔던 화장품 회사의 수익구조는 판매액의 30%가 아닌 수금액의 30%가 마진으로 떨어진다. 거기에 여러 수당이 붙어 내 월 소득이 발생하는 것인데, 남편이 돈이 궁하자 자고 일어나면 고객들의 화장품 대금이 입금되어있는 수금 통장에 손을 몇 차례 대면서 돈 회전율에 구멍이 나버리고 말았다.

사무실에 없던 미수금이 발생했다! 이럴 때 내 철칙은 빨리 발을 빼는 것이다. 안 그러면 영업일은 빚의 늪으로 빠지기 때문이다. 열정과 마음으로 3년간 몸 매온 직업을 한순간에 정리하게 되었다. 이때 영업점 사장님의 배려가 없었더라면 나는 어떻게 됐을지도 모른다. 정말 살길이 막막한 상황에서 사무실에 진 미수금을 천천히 갚을 수 있게끔 상황을 봐주셨다.

신나게 정성 쏟아 열심히 일하던 내 직업을 타의에 의해 놓아버려야만 할 때만큼 내가 쌓아가던 커리어에 있어 억울함을 느낄 일도 또 없을 것이다.

이후에도 나는 쉼 없이 일했다. 직업을 구하는 데 직종을 가리지 않았으며 항상 열심히 일했다. 그래서 늘 칭찬받았다. 그러나 화장품 일을 할 때처럼 크게 재미를 느끼지는 않았던 것 같다.

주위에서는 다시 화장품 일을 해보라고 권한다. 그러나 이제는 자신이 없다. 그때만큼 열정을 쏟으며 열심히 그리고 즐기면서 일할 자신이 나에겐 이제 없다.

꿈보다 해몽

미신을 믿는지 모르겠다. 민속신앙 샤머니즘의 일종일 텐데, 우리 집 사람들은 미신을 잘 믿는 편이다. 그리고 할머니는 무당은 아니었지만 실제 손가락 마디를 짚어가며 무언가를 말해주셨고 해몽도 척척 해주셨으며, 외증조할머니께서는 내림굿 없이 천상에서 신을 바로 받아 수반 하나 놓고 사람들의 병도 치료해줄 정도로 용한 무녀로 평생을 보내셨다고 한다. 내가 이렇게 말하면 미신을 믿는 사람들은 이렇게 얘기할 것이다. "우와~ 너네 집안 줄이 세구나!"

집안 줄이 세다는 것은 그다지 좋지는 않다. 대를 이어 누군가는 무당 팔자로 살며 업장 소멸을 기원하며 치고 나아가야 하기에 반가운 소식은 아니다.

자, 이제 미신을 떠나서 종교적으로 보면 영이 맑다고 치자. 영이 맑으면 부처님의 권위와 하나님의 권세로 보호받으며 축복받는다고 여긴다. 반대로 영이 맑아서 보호받는다는 것은 마귀나 악령도 몸에 잘 실린다는 이야기이다. 그래서 영이 맑은 것 또한 피곤한 인생이다.

어찌 됐든 영이 맑거나 기가 밝아서 영적인 존재를 접한다는 것은 아무나 할 수 없는 일이며 미스터리한 일이고 신비한 일이다. 그런데 우습게도 이 영적인 신비로운 일이 나에게서 일어나고 있다고 우리 엄마는 생각하는 것 같았다. 대체 어느 점집을 돌아다니다가 무슨 소리를 들었길래 홀려가지고 그러는지는 모르겠지만 어느 순간부터 인물 사진을 나에게 들이대며 "이 사람 어떤 것 같아? 이 여자 성격은 어때?" 등등 시시콜콜한 질문까지 다 하며 나더러 잘 맞춘다고 했다.

하긴 그 나도 모르게 한 번씩 점쟁이처럼 구는 행동이 나온 것이 대학생 때부터 시작되었는데 특히 술을 마시면 무언가 느낌이 잘 느껴졌다. 술 마신 다음 날 필름은 끊겼는데 선배들 얘기에 의하면 내가 그렇게 손금과 관상을 봐주었다고 한다. 뿐만 아니다. 우연히 지인을 통해 가게 된 교회에서 방언이란 것이 1주? 2주? 만에 터져 나와서 방언 기도를 할 수 있었으며, 꿈을 꾸면 꿈이 거의 맞았다.

하루는 하굣길에 작은사촌오빠로부터 전화가 왔다. 포털사이트 기사를 좀 보라고 했다. 그리고 전화를 끊었다. 오랜만에 전화 와서 무슨 일인가 싶어 검색창에 들어가 뉴스 기사를 검색해 보니 교통사고 기사가 실시간으로 올라오고 있었는데 다행히 사망자는 한 명이었다. 나는 이 기사를 왜 나더러 보라고 하는지 이해할 수가 없어 다시 작은오빠에게 전화하여 그 이유를 듣고는 그대로 길바닥에 쓰러져 앉았다.

"뭐야, 아! 다행이네! 한 명밖에 안 죽었네!"라고 안도의 한숨을 내쉬었던 그 한 명이 바로 우리 큰사촌오빠였던 것이었다.

죽은 사람이 큰오빠인 줄도 모르고 만원 버스 승객 중 죽은 사람이 한 명뿐이라고 안도했던 내 자신이 너무 부끄럽고 치욕스러워서 견딜 수가 없었다.

그렇게 길바닥에서 한참을 울다 정신을 차리고 담벼락을 붙잡고 기어가다시피 집에 도착한 나는 그대로 잠이 들었다. 큰오빠가 자기네 아이들, 작은오빠와 작은오빠네 아이들, 고모부와 남탕에서 목욕을 즐기고 있었다. 목욕을 끝내고 나오면서 큰오빠가 말하길 땅콩크림빵이 먹고 싶다며 사달란다. 그런데 검은 양복을 입은 큰오빠의 한쪽 팔이 어깨까지 없어 빈 옷자락만 있어 보였다. 흠칫 놀라며 잠에서 깼다. 자는 작은오빠한테 전화하여 꿈 이야기를 했다.

안 그래도 사고 난 그 주 주말에 작은오빠네와 목욕탕에 함께 가기로 약속이 되어 있었단다. 그리고 큰오빠가 평상시에 좋아하는 빵이 땅콩크림빵이며, 큰오빠가 버스 안에서 혼자 안전벨트를 메고 잠이 들어 무방비 상태로 사고를 맞았기 때문에 한쪽 팔과 어깨 부위가 다 갈려 나가 과다출혈로 그 자리에서 사망했다고 했다. 소름이 끼쳤다.

그 뒤로 오빠는 내 꿈에 나오지 않는다. 아마 좋은 곳으로 갔는가 보다. 오빠! 행복해야 해!

무녀의 길을 가지 않기로 했습니다

정말 지겹게 들어왔다. 내 사주 여덟 글자를 놓고 그들이 왈가왈부하는 말들을.

그리고 정말 지겹게 보아왔다. 그들의 말에 흔들리는 엄마와 엄마 말에 흔들리는 나를.

어떤 이는 내가 무당이 될 팔자라 했고 또 어떤 이는 영가를 타는 몸이라 했으며 또 어떤 이는 집안 줄이 세서 그럴 뿐 무당 노릇은 하지 않아도 된다고 했다. 이유 없이 몸이 아프지 않았더라면, 내가 정신줄을 놓고 사는 일이 없었더라면 나에게 이런 시련은 없었을까?

무당 노릇을 해야 되니 마니의 씨름은 10년 전 정신과 약을 먹을 때부터 시작되어 지금까지 나를 괴롭혀왔다. 두 돌도 안 된 태환이를 업고 신의 제자가 되기 위해 제주도까지 들어갔다가 도망쳐 나온 나는 이젠 이런 일 따위 없을 줄 알았다. 그런데 이번에 또 바람이 불었다.

자꾸만 현몽을 꾸던 나는 엄마집 근처 점집을 찾았다. 그곳은 신점을 보는 곳이어서 철학을 풀기 위한 책이나 그 어떤 도구도 없는 곳이었다. 나는 나의 생년월일시만 알려준 뒤 가만히 잠자코 있었는데 무속인이 나에 대해 줄줄 얘기하다가 갑자기 방울대를 확 들더니 나에게 눈을 흘기며 화를 내기 시작했다.

"할머니, 할아버지가 이모야한테 딸랑딸랑 이거 하자고 하는데 이모야 왜 안 하려고 해! 예전부터 자꾸 표적 주고 현몽 주고 하는데 왜 안 하려고 그래! 그래서 할머니, 할아버지 화났잖아!"

나는 순간 '아, 또 시작되었구나' 싶어서 모든 걸 체념한 듯 마음을 비우고 그 자리에서 나왔다. 그리고 이날 있었던 일을 엄마에게 얘기했고 엄마가 다시 점집을 찾아 무속인과 얘기를 나누었다. 엄마는 무속인과 함께 내가 진짜 신내림을 받아야 할 사람인지 확인하는 굿을 하기로 결정하고, 이 굿에서 내 몸에서 풀어야 될 귀신은 풀고 신을 하나씩 몸에 실으며 영감이 있는지 확인하는 작업을 했다. 하루 내내 방방 뛰고 방울대와 대나무를 쥐고 흔들어 댔더니 나중에는 너무 힘들어서 살려달라고 울고불고 떼쓰고 난리를 부렸다.

솔직히 나는 딱히 못 느꼈지만 결론은 신내림을 받아야 된다는 거였다. 내림굿 날을 잡았다. 2020년 11월 8일~9일 기장 천지신당. 내림굿이 있기까지 법당에는 20kg 쌀가마니 위로 나를 염원하는 촛불이 밝혀졌다. 촛불은 꽃을 피우기 시작했다고 했다. 신의 조화란다.

날을 받고 나니 눈만 감으면 이상한 게 보였다. 예전에도 그랬다. 옥황상제에게서 책 3권을 받아 도포 속에 숨겼고 선녀옷 중 노란색 옷을 입겠다 했다. 그리고 이번에는 꿈에 신성한 물을 받아들고 어느 동굴을 찾았는데 그곳에는 크고 영험한 학이 한 마리 있었다. 나는 학에게 “엄마와의 인연으로 내가 진 업보를 없애 줄 수는 없느냐?”라고 물었고 그 학은 말없이 고개만 저었다. 상심한 채 동굴을 빠져나오는 나에게 문지기 할머니가 불러 세우더니 말했다. “학운산으로 가거라. 가서 기도하거라.”

그리고 나는 꿈에서 깼다. 학의 모습과 학운산이란 처음 들어보는 산 이름이 너무 강렬해서 인터넷 검색을 해보니 정말 김포에 학운산이라는 야산이 있었다. 시간이 나면 학운산에라도 가야 하나 싶었는데 야산에다가 인적이 드문 곳 같아 선불리 나서서 가기가 쉽지 않았다. 거기다 눈을 감으면 불꽃이 터지듯이 이미지가 ‘팡!’ 하고 크게 나타났다가 사라졌다. 대감 할아버지나 쪽진 머리의 할머니가 나타났다 사라졌다. 진심으로 무서워서 불면의 밤을 얼마나 보냈는지 모르겠다.

내림굿을 10일 앞두고 엄마집에서 진주 집으로 내려갔다. 신랑과 아이는 아무런 사실도 모르고 있었기 때문에 나의 어떠한 설명이 필요해 보여서였다. 집으로 간 나는 차마 입이 떨어지지 않아 아무런 말도 하지 못했다. 이틀이 흐르고 더 이상 지체할 시간이 없어 남편에게 카톡으로 기나긴 장문의 메시지를 써서 그간의 일을 설명했다.

남편은 하루 종일 흐르는 눈물 때문에 일도 제대로 하지 못하고 퇴근 후 약속 자리도 겨우 다녀온 후 내내 울어서 붉혀진 눈시울로 날 바라보며 그래도 서로가 티격태격 싸우며 힘들게 살아왔어도 언젠가는 좋은 날 오겠지 버티며 지내왔는데 결국 우리의 결말이 이것이냐며 서럽게 흐느끼기 시작했다. 그러면서 이어 말하길, 30대는 술 마시고 친구들 만나 놀기도 아까운 나이인데 무속인 길을 걷는 게 말이 되는 소리냐며 설사 내가 날 받아놓고 일을 엎어서 누군가가 큰 화를 당하더라도 누구의 책임도 아니고 누구의 원망도 없을 테니 오로지 나만 바라보고 내 생각만 하라고 했다.

나도 자신이 없었다. 무속인의 삶을 살아낼 자신이. 그리고 무엇보다 무속인의 그릇은 되지 않는다고 생각했다. 물론 아주 가끔 영적인 것을 느낄 때가 있다. 그러나 그것만 가지고 방울대를 흔들고 앉아 있을 수는 없는 노릇이었다.

나는 크진 않지만 내 안에는 작아도 확고한 믿음이 있다. 바로 내 안에는 밝고 맑은 크고 큰 내 자신이 내재하고 있다는 것과 반드시 나는 빛이 날 거라는 믿음.

누구 하나가 죽어 나갈지도 또 여태보다 더 큰 시련을 줄지도 모른다는 말을 듣고도 굿을 접을 수 있었던 이유는 남편의 큰 설득도 있었지만 이런 내 믿음 때문이었다.

크고 큰 나 자신이란 그릇에 그 어떤 신도 담을 수 없다. 그리고 나는 빛날 것이다. 반드시.

내 가장 좋은 날은 어디쯤일까?

당신은 지금의 삶에 만족하시나요?
만약 아니라면 어느 때로 간다면 잘 살 것 같나요?

이따금 엄마는 나에게 그런 말을 하곤 한다.
"내가 네 나이만 되어도 얼마든지 인생을 자유롭게 새로 살아갈 수 있을 거다. 그땐 내가 아무것도 몰랐고 주위에 도와주는 이가 아무도 없어서 바보처럼 살았지. 넌 내가 이끌어주는데도 어째서 바보처럼 사니!"

그러면 나는 이렇게 말하고 싶다.
"나는 죽었다 다시 사는 인생이에요. 그래서 아무 욕심 없어요. 다만 내 나이가 아직 서른다섯이라는 게 끔찍해요. 나는 빨리 늙었으면 좋겠어. 그래서 내 안에 이야기가 많았으면 해. 내가 원하는 건 단지 그것 하나뿐이에요."

중3 기말고사를 앞두고 2002년 월드컵 응원이 열띠게 울려

퍼지던 그때였다. 친구와 저녁 늦게 학교 운동장을 돌면서 때늦은 저녁 밤하늘을 올려다보았다. 푸르고 청초한 별이 있는가 하면 불그스름한 별도 보였다. 과학 시간에 배우길 붉은 별은 대체로 늙은 별이라고 했다. 나는 반짝이는 별보다 붉은 별에 눈길이 더 갔다. 왠지 그 별은 수없이 많은 세월의 시간 끝에 '후회'라는 단어는 갖고 있지 않을 듯했다.

그냥 그런 생각이 들었다. 붉은 별처럼 수백억 년 이상의 삶을 살다 보면 후회 같은 건 의미가 없음을 알고 조금은 자유롭고 조금은 느긋한 인생을 즐길 것 같았다. 그래서인지 나도 한량처럼 내 팔자 연(緣) 닿는 대로 물 흐르듯 사는 게 좋고 그에 따른 결과에 대해 후회하지 않는 것이 내 좌우명이다. 사람들 눈에는 내가 생각 없이 사는 것처럼 보이겠지만 실제론 그렇지 않다.

나이가 젊어지면, 인생을 다시 살면 잘 살 것 같지? 아니! 그건 착각이다. 여유가 있음을 느낄 때 인간은 나태해질 수밖에 없다. 나태와 권태는 곧 후회를 낳기 마련이다. 그렇다고 해서 내가 늙는다고 잘살리란 보장도 없다. 폐지를 주우러 다닐 수도 있는 노릇이다.

그럼에도 난 기꺼이 늙을 것이다. 많이 실패해도 좋고 마음이 많이 아파도 좋다. 그저 풍성한 나무처럼 달고 맛있는 단단한 과육들이 가득 맺혀 사람들에게 나눠줄 수 있다면 그것만으로도 족하다. 근데 왠지 난 잘될 것 같다. 인생 지랄 총량의 법칙에 의해서 말이다.

그렇다면, 사람들은 대체 어디쯤이 가장 좋다고 말할 수 있을까?

모두에게는 그리운 왕년도 있을 테고 혹은 모두가 그리는 미래도 있을 텐데. 사람들의 어디쯤이 가장 좋을까? 난 나의 미래가 가장 좋을 것 같다.

“

나는 빛날 것이다. 반드시.

”

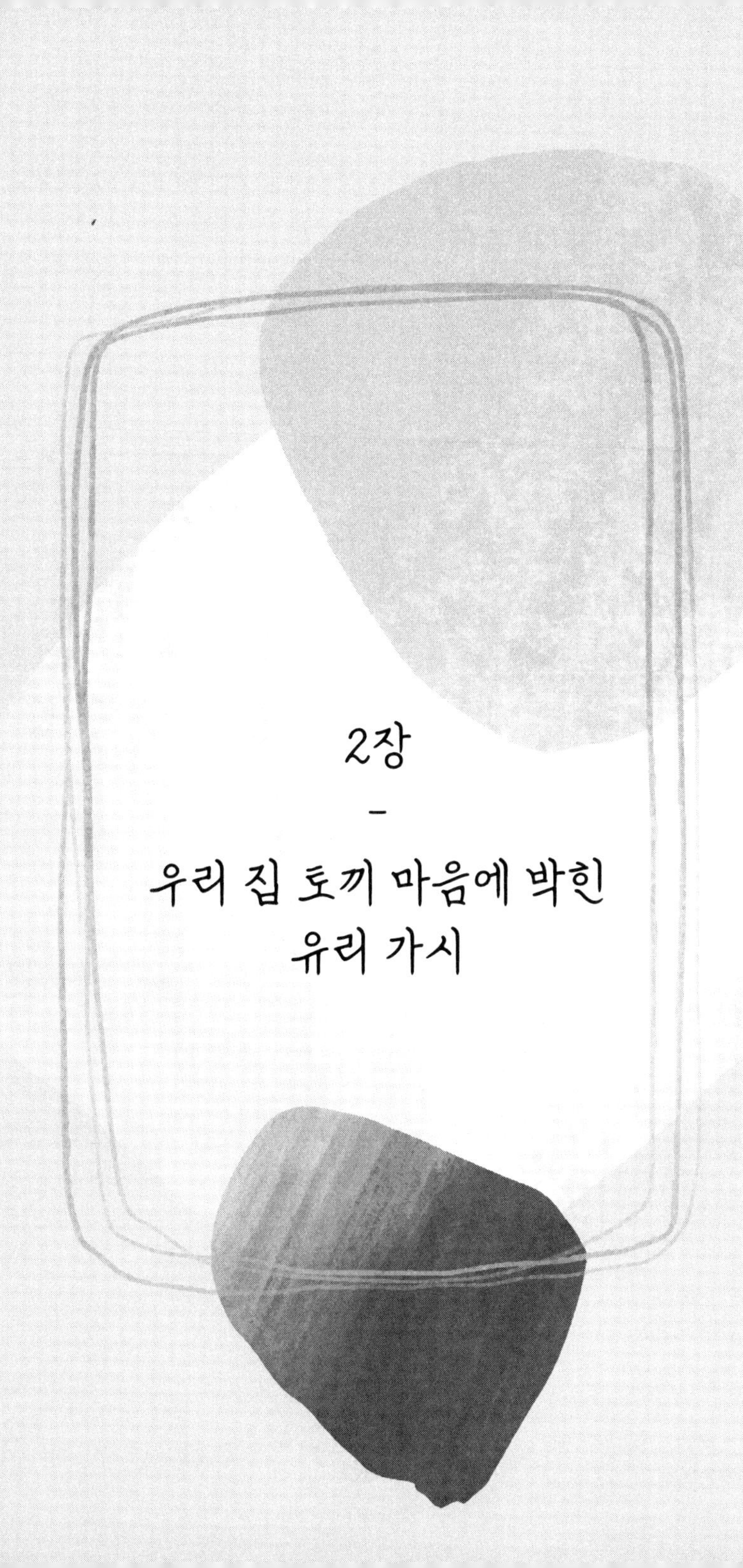

2장

-

우리 집 토끼 마음에 박힌 유리 가시

들어가기에 앞서

우리 집에는 토끼가 두 마리 살고 있다. 1987년생 엄마 보혜 토끼와 2011년생 아들 태환이 토끼. 이 두 마리 토끼들 마음속에는 눈에 보이지 않는 가시가 턱턱 박혀있다. 큰 가시, 작은 가시. 누가, 어떻게 해야 이 가시를 빼낼 수 있을까?

오늘도 우리 집 토끼들은 투명해서 보이지 않은 유리 가시 때문에 아픈 가슴을 부여잡고 아파도 아프지 않은 척 또 그렇게 하루를 넘긴다.

모성애가 없는 나

임신은 준비된 여성이 하는 게 맞는 거 같다. 무턱대고 잠자리에 홀려서 앞뒤 생각 없이 저지르고 어쩌다 하게 된 임신은 여자의 인생을 한 남자에게 일평생 저당 잡히게 한다. 나는 그것은 아니라고 본다. 물론 반대로 남자 입장도 마찬가지겠지만. 그러나 나는 그때는 이런 생각을 할 만큼 살아내지를 못해서 그저 남편이 좋았고 그러다 보니 대학 졸업도 전에 임신을 해버렸다. 계류유산을 하고 얼마 되지 않아 다시 임신을 했는데 그게 우리 아들 태환이다.

나는 원래 성향이 아이를 좋아하는 타입이 아니다. 그런데 철없는 어린 나이에 아기를 낳았으니 오죽했으랴. 아무리 아이들을 좋아하지 않아도 내 새끼는 예쁜 법인데 나는 내 새끼 예쁜 줄도 몰랐다. 거기다 유선염에, 남편도박에, 독박육아에 자기 아빠를 쏙 빼닮은 아기가 예뻐 보일 리가 없었다.

나는 이미 산후우울증이 온 듯했고 태환이는 방치되다시피 방에 널브러져 누워 있었다. 아마 지금 같았으면 아동학대로 신고당해서 구속 영장이라도 받아야 할 판인 셈이다. 태환이가 배가

고파서 울어도 소용이 없다. 모유는 유선염으로 먹일 수도 없고 분유통은 바닥이다. 조금 남은 가루를 탈탈 털어 물을 쪼르르 붓고 휙휙 휘저어 돌돌 말아놓은 수건 위에 젖병을 받쳐놓고는 태환이 입에 물려 놓았다. 그리곤 나는 여리여리한 몸을 방구석 모서리에 최대한 밀착시켜 쭈구리고 앉아 이 너절하고도 처량한 현실을 바라보다 문득 서글퍼지면 닭똥 같은 눈물을 땅바닥이 흥건해지도록 뚝뚝 흘리고 있을 뿐이었다.

그러다 젖병이 빠졌는지 태환이가 운다. 나는 스르륵 일어나 태환이에게 다가가 다시 젖병을 물려주고는 태환이를 지그시 바라본다. 그러면 안 되는데. 젖병을 찾아 고개를 요리조리 젖혀가며 입을 오물오물거리면서 빠당빠당 누워있는 태환이를 살펴보다 '저 얇고 가는 목을 졸라버리면 바로 죽지 않을까? 그리고 나도 이 세상 미련 없이 떠나버리면 안 될까?' 이런 생각이 몇 번 들어서 순간 흠칫한 적이 한두 번이 아니다. 아마 이때부터 시작되었던 것 같다. 내가 극도로 예민해져서 정신과 치료가 긴급으로 필요로 했던 때가 말이다.

어찌 됐건 나는 태환이를 따뜻하게 "태환아", "아이고 우리 아들" 등 그 흔한 이름 한 번을 따뜻하게 불러준 적도 "아이고 내 새끼 이리와" 하며 내 품 안에 따뜻하게 안아준 적도 없다. 태환이는 스스로 생존게임에서 살아 버텨낸 거다. 그렇기에 내가 함부로 대할 수 있는 아이가 아니다. 나도 해낼 수 없는 일을 태환이는 이미 아기 때부터 헤쳐나왔고 지금도 헤쳐나가고 있기 때문이다. 젖도 안 물려, 안아주지도 않아, 12개월 때부터 일곱 살까지 어린이집 야간반 10시까지 다녀, 주말이라고 놀아준 것도 없어…… 태환이에게 엄마란 어떤 존재일까?

아니, 그 전에 이렇게 모자란 내가 태환이 엄마로 있어도 괜찮은 걸까?

나는 이렇게 늘 의구심이 드는데 태환이는 그래도 내가 엄마라고 좋은가보다. 코키스(코와 코를 맞대고 위아래, 양옆으로 부비는 행동)를 나누는 것을 좋아한다. 그리고 내가 힘들어서 홀로 눈물을 흘리고 있을 때면 늘 다가와 어깨를 토닥이며 "괜찮아 엄마"라고 항상 위로의 말을 건넨다. 너무너무 부족한 내 자신이 부끄럽게 말이다.

무심한 엄마

앞에서 모성애가 없다고 했는데, 모성애도 없지만 거기에 무심하기까지 하니 나는 정말 엄마 될 자격이 없다. 솔직히 객관적으로 판단했을 때 말이다.

태환이에게 밥하는 것을 초등학교 2학년 때 가르쳤다. 혼자 밥해서 알아서 챙겨 먹으라는 의도였다. 뭐 그 이전에도 어린이집이나 학교 학사 일정 등에도 관심을 가지지 않아 현장학습이라든지 소풍 날짜를 몰라 도시락 싸준 적이 내 기억으로 한 번밖에 없는 것 같다. 거의 선생님 도시락을 먹거나 친구 도시락을 나눠 먹었고, 선생님은 태환이가 13개월 때부터 매해 도시락 없이 오는 게 익숙해지셨는지 무슨 행사 날이 되면 "어머니, 빈 통만 준비해 주세요"라고 이야기했다.

내가 제일 안타까웠던 건 비 오는 날 태환이가 우산 없이 학교를 간 날이었는데, 딱 한 번 어떻게 시간이 나서 비 오는 날 학교 앞에 태환이를 데리러 갔더니 여분의 우산을 들고 아이들을 마중 나온 엄마들부터 아이의 할머니 할아버지, 형, 누나까지 교문 앞에 사람들이 바글바글했다. 태환이는 교문까지 비를 맞고 나오다가 내 차를 발견하고는 환하게 웃으며 "어! 우리 엄마다! 얘들아 안녕~ 내일 보자." 꺄르륵 뭐가 그렇게 신나는지 너무도 밝은 모습으로 뛰어와 보조석에 올라탔다.

그래, 엄마의 존재라는 게 아이들에게는 이렇게 큰 힘이 된다. 그런데 나는 그것을 여태껏 해주지 않았고 해주지 못했다. 먹고 살기 바쁘다는 핑계로, 내 정신이 아프다는 핑계로 말이다.

더욱 마음이 아픈 건 태환이가 엄마가 데리러 오지 않는 것을 당연하게 생각한다는 것이었다. 자기는 당연히 비를 맞아도 된다고 생각하면서 비에 흠뻑 젖어 하교하는 걸 불만으로 여기지 않고 지냈다는 것에 또 내 가슴이 미어져 왔다. 이 정도 되면 태환이한테 사근사근하게 따뜻하게 잘해줄 법도 한데, 난 참 무뚝뚝하고 무심해서 문제다.

사실 정말 핑계 같지만 내 몸 하나 건사하기도 나는 너무 힘겹다. 공황장애, 불안장애, 알코올 의존증, 수면장애, 조울증 등을 앓고 있는 내가 나 하나도 어떻게 하기 힘든 상황 속에서 정상인처럼 버터며 사회생활을 했었어야 했다. 어떻게든 돈을 벌었어야만 했었으니까.

나는 항상 연극 무대 위에 선 배우처럼, 가면극을 하는 것처럼 가면을 쓰고 하루를 살아냈어야 했다. 그렇게 밖에서 내 모든 에너지를 다 쏟아내고 나면 집에 와서는 단 한마디의 말조차 할 힘도 없었고 배터리가 방전된 인형처럼 쓸모없는 어느 대상이 되어버렸다.

주부에게 아침은 하루 중 첫 번째 출근, 퇴근은 하루 중 두 번째 출근이라고 한다지. 집에 가면 쌓여 있는 설거지와 널브러진 빨랫감, 어질러진 집 안이 기다리고 있다. 하루만 나 몰라라 해 버리면 수습할 길이 없어진다. 그렇기 때문에 억지를 쓰며 겨우 치워낸다. 정말 하루의 끝이다.

끝인 줄 알았다. 그런데 아이가 학교에서 돌아와서 반가워서 말을 건네면 보통 엄마들 같으면 “아이고 내 새끼 오늘은 뭐 배웠어? 뭐 했어?” 이렇게 나올 것이다.

그런데 난 아니었다. 그냥 고개만 한번 태환이 쪽으로 돌렸다가 방으로 들어가 누워버렸다. 그럼 태환이가 따라 들어와 옆에서 하루 동안 있었던 이야기를 조잘조잘 얘기해 준다. 나는 귀찮다는 듯이 “어, 그래” 하고 끝내버린다.

그래도 나에게 불만을 가진 적 없던 태환이가 한 번은 그러더라. “엄마는 내 얘기는 들어주지도 않아. 내 말에 대답도 해주지 않아. 나만 얘기해. 항상 그랬어. 엄마는 원래 집에서 말을 안 하는 사람인데 내가 그걸 잊고 왜 자꾸 엄마한테 와서 얘기하고 있는지 나도 모르겠어.”

뭐라고 대답해야 할지 몰라서 눈만 꿈뻑거리며 태환이 얼굴만 몇 초 쳐다보다 “뭐가! 인마!” 하고는 자리를 피했다.

표현하고 싶다. 나도 무심한 엄마는 싫다. 그래서 요즘에는 달라지려고 조금씩 노력하고 있다. “아드을~” 그랬더니 태환이가 “엄마 약 안 먹었어? 왜 이래? 징그럽게” 그런다. 하하하.

퍽퍽한 건빵이라도

태환이가 초등학교 1학년 때였다. 그땐 내가 보험회사에 다니고 있었기 때문에 비교적 시간 활용이 자유로웠고 퇴근 시간이 빨라 태환이가 하교 후 태권도 학원을 마치고 오는 시간과 비슷하게 겹쳤다.

성장기 아이이니 다른 엄마들 같음 간식도 잘 챙겨주고 할 텐데 나는 그러지는 못했다. 그저 저녁 먹기 전 배고파하는 아이에게 해준다는 것이 편의점에 데리고 가서 과자 한 봉지 사다가 손에다 쥐여 주고 나는 소주나 맥주를 사서 오는 게 일과의 끝이었다.

지금에야 술을 끊었지만, 그 당시엔 아주 힘든 시기때부터 마시던 술이 스트레스만 받으면 술로 풀었기 때문에 나는 늘 술이었다. 심지어 알코올 억제제를 먹고 있었음에도 약이 듣지를 않는 건지 술이 약을 이기는 건지 모를 만큼 하루하루가 고단하고 지쳐서 술을 마셔댔던 것 같다. 그렇게 별 안주도 없이 깡소주나 맥주캔을 홀짝거리다 보면 어느샌가 태환이도 하루가 고단했는지 태권도 도복도 벗지 않고 그대로 쓰러져 잠들어 있을 때가 많았다.

적잖이 술기운이 오르고 태환이가 잠든 때가 가장 좋다. 내가 태환이에게 사랑하는 마음을 있는 힘껏 표현할 수 있는 유일한 시간이다.

잠든 태환이를 향해 속삭이며 사랑한다고 미안하다고 용서해 달라고 수백 번 수천 번 읊조리며 머리카락을 쓸어넘기며 머리를 쓰다듬었다가 내 아들 얼굴 생김새도 하나하나 자세히 뜯어보고 손도 잡아보고 꼬까신 신던 발이 얼마나 컸나 내 손바닥을 맞대어 길이를 재보기도 했다.

'신이시여, 제가 태환이를 아끼고 사랑하는 이 마음이 자고 있는 태환이에게도 전달되어 우리 태환이 가슴에, 우리 태환이 마음에 상처 없이 올바르게 자랄 수 있도록 도와주시옵소서. 제발 도와주시옵소서' 그렇게 간절히 기도하면서 말이다.

그러던 어느 여름날 회사에서 간단히 회식이 있었다. 저녁까지 먹고 뉘엿뉘엿 해님이가 끝나갈 무렵에 집에 들어갔다. 그런데 어랏! 컴컴한 집 안이 반쯤 보이도록 현관문이 살짝 열려 있는 게 아닌가! 그 순간 등골에 식은땀이 쭉 흐르면서 오만 생각이 다 들었다. '혹시 강도? 우리 집에 들고 갈 거 아무것도 없는데?', '그럼 우리 태환이는? 태환이는 어디서 어떻게 된 거란 말이지?'

별의별 생각이 한 바퀴 돈 순간 나는 황급히 현관문을 벌컥 열어젖히고 "태환아! 이태환!" 이름을 부르며 온 집 안의 불을 켰다. 그랬더니 태환이가 방 안에서 가방도 벗지 못한 채 엎드려서 건빵을 반쯤 입에 물고 쓰러져 있었다.

태환이 주위에 건빵이 나돌아다니고 있었다. 순간 너무 놀라서 태환이를 들쳐 메고 떨리는 손으로 119에 신고하려던 찰나, 태환이가 눈을 비비더니 반쯤 물고 있던 건빵을 뱉어내며 "엄마, 왜 이렇게 늦게 왔어? 목말라. 물 줘" 하는 것이었다. 나는 "태환아, 괜찮아?" 하며 태환이를 이래저래 살핀 뒤 물을 가져다주고 자초지종을 들었다. 태환이가 배가 고파서 엄마가 오면 같이 편의점에 가서 과자를 사 먹으려고 나를 기다리느라 엄마 빨리 들어오라고 현관문을 열어놓고 있었는데 내가 아무리 기다려도 오지를 않자 너무 배가 고파서 시골 할머니 집에서 들고 온 건빵이라도 먹어야겠다 싶어서 건빵을 먹다가 잠이 들었다는 것이었다.

어쨌든 큰일이 아니어서 다행이었다. 순간 그날 어찌나 놀랐는지. 아직도 그날의 현장이 생생하다.

한 뼘 더 자란 엄마

먹고살기 위해 내가 생업전선에 뛰어들기 시작하자 태환이는 어린이집 야간반까지 다녀야 했다. 태환이를 데리러 가면 항상 어린이집에 홀로 남아 엄마, 아빠를 기다리며 야간반 선생님의 보호 아래 있었는데 선생님께도 죄송하고 태환이에게도 너무 미안했다.

그러다 태환이가 자라서 초등학생이 되자 태환이를 돌봐줄 사람이 갑자기 없어져 나는 큰 고민에 빠지게 되었다. 어쩔 수 없이 나는 백화점 일을 관두고 비교적 시간이 자유로운 영업일을 택해야 했다. 그래서 시작한 일이 보험영업이었다. 보험 일은 퇴근 시간이 다른 업종에 비해 빨랐지만 초등학교 1학년인 태환이의 하교 시간을 따라 넘지는 못했다. 그러다 보니 태환이가 하교 후 태권도 학원을 들렀다가 집에 도착하더라도 우리 가족 중 가장 먼저 귀가하는 가족 구성원이 되어버렸다.

이제 갓 초등학생이 된 아이가 부모 없는 집에 먼저 와 홀로 집을 지키고 있다는 사실이 누군가에게는 마땅하게 여겨질 테고 또 누군가에게는 안쓰러운 일이 될 수도 있을 것이다.

하교 후 3시 20여 분이면 태권도 학원 하원 후 집에 도착해 나에게 전화를 꼭 하는 아이인데 어느 한 날은 그 시간이 되어도 전화가 없었다. 걱정되는 마음에 전화를 여러 번 해보았지만 받지를 않았다.

4시 21분. 리틀 망구(태환이)로부터 전화가 왔다.

"엄마, 왜 이렇게 안 와? 올 때 과자 많이 사와!"

밖은 비가 추적추적 내리고 있었고, 어제 집 앞에 나와 내가 오기만을 기다리며 마중 나와 있던 태환이 생각에 버스 대신 택시를 타고 급히 집으로 갔다. 비가 오는데 오늘도 밖에서 내가 오기만을 기다리고 섰을까 봐 집이 가까워질수록 택시 안에서의 내 고개는 좌우로 더 갸웃거리며 집주변을 살피게 되었다.

다행히 태환이 같은 모습의 실루엣은 보이지 않았다. 한시름 놓고서 나는 집에 도착해 하루의 마무리를 준비했다.

자기 방에서 꼼지락꼼지락 혼자서 놀던 태환이는 저녁을 준비하는 내 곁으로 다가와 내 눈치를 살피더니 조심스레 운을 떼기 시작했다.

"음…… 엄마, 나 씻은 거 아니야. 비에 젖은 거야. 오늘도 엄마 기다리다가 들어왔어."

사실은 나를 마중하려고 비 오는데 우산도 없이 버스정류장까지 혼자 찾아가서 내내 추위와 싸우며 나를 기다렸단다. 사람들에게 길을 묻지 않고 홀로 정류장을 찾은 사실을 자랑스러워했다. 이렇게 사랑스러울 수가! 엄마를 생각하는 그 마음이 너무 고마우면서도 고마운 마음만큼 내 마음이 아파 왔다.

우리 집에서 버스정류장까지 내 걸음으로 8분 정도 걸린다.

짧지도 않은 거리를 비 맞고 찾아가 추위 속에서 엄마가 내리지도 않는 버스를 몇 대나 보냈을까.

나는 태환이에게 진 빚이 많다. 부족한 엄마 그늘 밑에서 바르게 자라 주는 일. 결코 쉽지 않은 일을 대견하게 해내는 태환이에게 감사하고 고맙다. 오늘 하루도 그렇게 태환이 덕분에 내 마음은 한 뼘 더 자란 엄마가 된다.

엄마를 닮았나 봐

처음 태환이를 낳았을 때 사람들이 말하기를 "횡천(시댁이 있는 하동 횡천) 논바닥에 던져놔도 누구 집 애인지 알겠다. 완전지 애비랑 똑같네"라고 했었다. 시아버님은 돌아가시기 전까지 자기 아들을 쏙 빼닮은 손주가 그저 어여쁜지 태환이만 보면 그렇게 좋아라 하셨다. 너나 할 것 없이 주위 사람들은 태환이를 보면 아빠를 많이 닮았다고 했다.

태환이는 영양이 부실해서 그랬는지 아니면 체질이 그런지는 몰라도 갓난아기 때부터 성장발육이 더뎠고 키가 작았으며 마른 편이었다. 그러던 태환이가 어느 순간부터 엄마를 닮았다는 소리를 듣기 시작했다. 아마 태환이가 초등학교 2학년 즈음이지 싶은데, 그전까지는 하얗고 뽀얀 피부에 너무 귀여웠다.

그런데 2학년 때 내가 밥솥에 밥을 안치는 법을 가르친 뒤로 태환이는 혼자 밥을 지어 먹기 시작하다가 그게 귀찮으니까 간편한 컵라면으로 끼니를 때우면서 라면에 입맛이 완전히 길들어버렸다. 이후 3학년 때는 가스레인지를 다루기 시작하면서 봉지라면을 사다가 몰래 끓여 먹고는 엄마 아빠에게 혼날까 봐 먹다 남은 라면 국물이 흥건하게 담긴 설거짓거리를 그대로 자기 방 서랍 속에 숨겨 놓지를 않나, 부모 없이 자기 혼자 집에 있는 시간이면 별의별 짓을 다 해가며 거의 매일 라면을 끓여 먹다시피 했다. 그 결과 몇 개월 사이에 태환이는 돼지가 되어버렸다. 얼굴에서 귀여움은 사라졌고 젖몽우리가 생겼으며 빵실빵실하게 튀어나온 뱃살과 탱글한 허벅지를 가지게 된 것이다.

그랬더니 이제 밖에 나가면 사람들이 "아이고. 얘가 엄마 유전자를 받았는가 보네." 그런다. 난 정말 억울하다. 나는 예쁘지는 않지만 아직까진 그래도 좀 귀여운 편이다. 다만 수면제 부작용으로 살이 너무 많이 쪄버려서 굴러다닐 판이라 문제일 뿐.

이 말인즉슨 사람들이 하는 말은 태환이와 내 몸매가 닮았다는 말로 해석이 되는데, 나는 원래 돼지 체질이 아니다. 그런데 이제 몇 년 째 이렇게 뚱찐 몸매를 하고 있으니 아무리 얘기해도 사람들이 믿지를 않는다. 심지어 이제는 나에게 누군가는 그렇게 얘기한다. 배불뚝이 친정아버지를 두고 "보혜 너는 아빠를 영판 닮았다 그렇지? 살집이나 생김새나"라고. 우와 정말 나는 억울하다.

더 웃긴 건 태환이의 말이다. 하루는 내가 태환이에게 물었다.

"태환아, 엄마가 그렇게 뚱뚱해? 아니, 솔직히 말해도 돼. 보이는 대로 말해봐"라고 했더니, "엄마! 엄마는 아주 뚱뚱해. 그걸 모르겠어? 거울 앞에 가서 똑바로 봐! 아주 뚱뚱해! 요즘 30대 중에 누가 그렇게 뚱뚱한 몸매를 하고 있어? 다이어트 좀 해!"

"……."

"엄마, 그거 알아? 드라마 '오케이 광자매'에 변호사랑 바람난 식당 아줌마?"

"어."

"엄마도 여자로 보일 희망이 있어. 힘내."

나는 애가 도대체 무슨 소릴 하는지 순간 이해할 수가 없었다. 나를 갖고 노는 것 같기도 하고 말하는 것 보아하니 이제 애가 아닌 것 같아서 징그럽기도 했다. 어쨌든 결론은 이런식으로 태환이가 날 닮는다는 건 싫다. 정말 살을 빼든지 어쩌든지 무슨 수를 내야겠다.

아들 친구를 집에 초대하는 일

우리가 살고 있는 빌라는 건물주가 빌라를 짓던 와중에 부도가 나면서 경매로 넘어간 건물이다. 그걸 남편이 총각 때 경매로 4천5백만 원에 샀는데, 공매가는 7천만 원. 이렇게 저렴함에도 불구하고 각 세대별 입주민들은 이사를 들어오긴 쉬우나 나가긴 힘든 실정이다. 왜냐하면 우리가 사는 A동은 그나마 괜찮은데, B동은 건물에 하자가 너무 많기 때문에 비가 오면 물받이를 놓아야 할 정도이기도 하고 거기에 동네가 공단지역과 밀접해 있어 편의시설이 아무것도 없으므로 주거 환경으로 아무튼 적합하지가 않다. 그래도 처음 결혼할 당시만 해도 건물이 나름 깨끗했으므로 예쁘게 꾸미고 두 사람이 살림을 꾸리고 살기에 적당했는데 점차 세월이 가면서 벽을 타고 비가 새고 벽지에 곰팡이가 피고 습하다 보니 온갖 벌레가 생기기 시작하면서 집은 너절해졌다.

어느 해부터는 어느 시기만 되면 날개미 떼가 나타나기 시작했는데 그 수가 말로 표현할 수가 없다. 그냥 바닥 어느 한 곳 내 발을 디딜 곳이 없을 정도로 날개미 떼가 바닥에 떨어져 있어서 천장을 보면 불빛을 찾아 천장에 새까맣게 점령을 하고 있어서 온몸에 소름이 돋기를 몇 해나 보냈는지 모른다. 도저히 안 되겠어서 남편이 날개미가 들어와 알을 낳을 만한 곳을 찾아 벽을 다 뜯어버렸다. 그랬더니 그다음 해부터 날개미는 나타나지 않았지만, 집은 폐허가 되었다.

이런저런 일을 겪는 사이 태환이는 초등학생이 되었고 나에게 하루는 다가와 무덤덤하게 얘기했다.

"엄마, 나는 엄마한테 실망스러운 게 두 가지가 있어. 하나는 엄마는 말을 하지 않는다는 거고, 둘은 친구들은 다 생일파티도 하고 친구 집에 우리를 초대도 하는데 나는 친구를 우리 집에 못 데리고 오게 한다는 거야."

초등학교 1학년에 입학하면서 핸드폰이 생기자 아이들은 친구들과 영상통화를 하기 시작했다. 그러면서 자기 집 소개도 하고 심지어 냉장고 속까지 열어 보이며 먹을 거는 무엇이 있는지 자랑 아닌 자랑질을 했다.

나는 그 모습을 보고 태환이의 영상통화가 끝나자마자 호되게 야단쳤다. 우리 집이 외부로 보여지는 게 싫었기 때문이었다. 그리고 태환이는 친구들이 우리 집에 오고 싶어 한다며 몇 번 나에게 얘기했는데 그럴 때마다 안 된다고 딱 잘라서 이유도 없이 말했다. 그러면 태환이는 토라져서 방으로 들어가 눈물을 훔치곤 했는데, 그럴 때마다 짜증이 올라왔다.

태환이는 수줍음이 많은 아이라 친구들을 잘 못 사귈 줄 알았는데 생각보다 동네 친구들과 학교 친구들을 잘 사귀었다. 그래서 태권도 학원을 마치고 집으로 돌아오고 나면 친구 집에 가서 놀고 오거나 친구들끼리 어울려 동네를 돌아다니며 놀기를 즐겨 했다.

태환이가 더 자라고 자전거가 생기더니 이놈이 길에 눈을 뜨기 시작해 노는 반경도 커졌다. 집 앞이 아니라 동네를 벗어나기도 했다. 그게 가능했던 건 우리 집 바로 옆이 진주 남강변이라 자전거 도로를 타고 나가면 시내든 혁신도시든 어디든 놀러 갈 수 있었기 때문이다.

한날은 애들이 우르르 몰려와 우리 집 앞에 모여 섰다가 지나가는 듯했다. 내 아이와 노는 그 아이들의 목소리가 너무 이쁘고 반가운 나머지 자리에서 번쩍 일어나 현관문 앞으로 달려갔지만 차마 문을 열고 들어오란 소리는 하지 못했다. 너저분한 집을 보여줄 용기가 나질 않아서였다. 리모델링이나 이사를 가면 그만이겠지만 아직까진 그럴 형편이 안 되기에 고민고민하다가 우리가 할 수 있는 선에서 책상 하나 없는 태환이 방이라도 꾸며주기로 했다.

남편은 공장에서 철판을 잘라와서 혼자 베란다 보수를 맡았고 나는 태환이 방 한 면은 책장으로, 한 면은 시트지로, 또 한 면은 전지와 지도를 이용하여 어쩌면 조금 조잡하고 난잡스러울지도 모르겠으나 도배 대신 꾸며보았다. 다 꾸미고 나니 나름 나쁘진 않았다.

공부하는 학생 방답다는 위안을 삼으며 태환이 친구들을 집으로 초대하였다. 엄마표 음식 솜씨 발휘까지는 아니더라도 아이들이 좋아할 만한 음식들과 함께 즐겁게 먹고 놀다 가도록 자리도 비켜주었다. 그래, 사람 사는 집은 다 거기서 거기일 텐데 혼자만의 아집과 생각으로 아이의 작은 바람을 내가 무너뜨리고 있었던 건 아닌지.

"엄마, 오늘 너무 재밌고 음식도 맛있었어"라고 환하게 웃는 태환이의 표정을 바라보며 그동안 내 안의 그릇된 잣대를 가지고 있었음을 반성해 보았다. 이날 이후 우리 집은 태환이와 친구들의 아지트가 되었다지?

내 동생은 왜 약을 먹었을까?

계류유산이 있고 태환이를 낳은 뒤 나는 세 번의 중절 수술을 받았다. 그럼 사람들이 얘기할 테다. 피임을 잘 하지 그랬냐고. 그런데 우리 부부는 피임이 필요할 만큼 잠자리를 가지는 사이도 아니었을뿐더러 날짜상 배란일도 아니었다. 그런데 이상하게 잠자리만 가졌다 하면 부부관계 맺은 걸 온 동네에 소문이라도 내듯 임신이 되어버렸다. 그리고 무지했다. 내가 약물치료를 받고 있는 상태에서는 아이를 낳아 기른다는 것이 현실상 힘들다는 것을 알지 못하였다.

워낙 표현력 없는 남편이라 태환이 동생을 가졌을 때 남편의 반응은 땡초 떡볶이를 먹으며 "맞나?" 한마디 하는 것이 전부였다. 그래도 내심 좋았는지 산부인과에는 같이 가주었는데 의사 선생님의 낙태 시술 권유에 적잖이 충격을 받는 듯했다. 선생님은 내가 먹고 있는 약물이 아이의 기형을 만들 가능성이 너무나 높은 약물이며 설사 기형이 아니다 하더라도 지능에 문제가 있을 것이며, 이 모든 것을 받아들이고 출산을 선택한다 해도 내가 아이를 케어할 상태가 아니라는 설명이었다. 정신과에서도,

산부인과에서도 같은 말을 했다. 주위에 임신했다며 자랑을 다 했는데 청천벽력 같은 소리에 세상이 무너지는 듯했다. 나는 울면서 시술대 위에 올랐고 그렇게 중절 시술을 받아야 했다.

그렇게 몇 년이 흐르고 나는 또 임신을 했다. 그땐 내가 자의적으로 단약을 하고 있던 상태였으므로 아이를 낳아도 문제 될 건 없었다. 나의 임신 사실은 남편과 시댁 식구들 빼고 다 알게 되었다. 회사에서는 축하파티도 열어주었다. 워낙 그동안 마음고생, 몸 고생을 하는 것을 보면서 친정엄마는 철저하게 임신 사실을 시댁과 남편에게 비밀로 부치게 했고, 애를 낳겠다는 나를 잡아 이끌고 결국 시술대 위에 눕혔다. 모든 게 쉬웠다. 이때는 임신 중절이 불법이었음에도 불구하고 산부인과에서 부르는 값에 나와는 아무 관계도 없는 남자를 남편이라고 내세워 시술 동의를 시키고 임신 주수에 따라 돈만 현금으로 주면 끝나는 게 중절술이었다.

이제 다시는 임신 같은 거 하지 않으리라 마음먹었다. 아니 그 전에 우리 부부는 섹스리스 부부라 임신할 일도 없었다. 그런데 태환이가 열 살이 되던 2020년, 우리 부부가 어쩌다 사고를 쳤다. 또 임신이다. 장애아일지라도 낳아서 기르려고 그랬다. 그런데 병원에서 또 안 된단다. 정신과도 이 산부인과도, 저 산부인과도, 다른 산부인과도 현명한 판단을 내리라고 거듭 말렸다. 약을 먹어온 지가 몇 년째인가. 나 자신이 너무 비참하고 한심해 보였다. 결국 이번에도 나는 시술대 위에 오르고야 말았다.

종전까지는 태환이가 어려서 내가 중절술을 받은 것을 눈치

채지 못했는데 이번에는 훤히 다 지켜본 것이나 마찬가지인 셈이었다. 태환이는 늘 동생을 가지고 싶어 했다. 친구 누구는 동생이 있는데 동생이랑 어떻게 무엇을 하고 놀았는데, 자기는 동생이 없다며 투덜거릴 때가 종종 있었다. 그러다 이번에 동생이 생긴다는 생각에 들떠서 "헐, 대박사건"이라며 아기는 어떻게 생기는 것이냐부터 시작하여 질문도 많았고 친구들에게 자랑도 많았던 태환이였다. 그만큼 좋아했고 신나 했던 터라 동생이 엄마가 먹는 약을 모르고 먹어서 아파서 죽었다고 하자 바로 눈시울을 붉히기 시작했다. 질질 짜며 우는 태환이를 보고 있으니 안타깝고 마음이 좋지 않았다.

나는 시간이 조금 흐르면 금방 태환이가 잊을 거라 생각했는데 아닌가 보더라. 아직 그다지 시간이 많이 흐르지 않아서인지 아니면 자기한테 나름의 큰 사건이었는지, 요즘에도 가끔 뜬금없이 동생 얘기를 툭툭 내뱉는다.

"아기는 왜 약을 먹었을까? 응? 엄마도 정말 몰라?" 하고 말이다.

몽구를 사수하라

나는 하고 싶은 건 해야 직성에 풀린다. 그것도 단시간 안에 해버려야 한다. 다소 우유부단한 성격이지만 무언가 하고 싶은 게 생겼을 때는 앞뒤 생각 없이 저지르는 편이다. 그게 나다.

어릴 적부터 강아지가 너무 키우고 싶었다. 물론 우리 집에도 멜라콩과 쇼리가 있긴 했지만 대형견이라 마당에서 키웠기 때문에 애완견 느낌이 들지 않았다. 나는 비숑프리제나 말티즈 같은 소형견을 원했기 때문이다. 그러나 할머니는 식물을 좋아하셨지 동물은 그다지 좋아하지 않으셨고, 엄마는 시집살이에 치여 강아지에 '강'자만 나와도 나를 잡아먹듯이 하며 나중에 내가 시집가면 한 마리든 백 마리든 집에 풀어놓고 살라고 하셨다. 다른 건 다 내 맘대로 했는데 유일하게 내 맘대로 하지 못한 게 강아지 키우는 것이었다.

그러다 엄마에게 뺨 맞고 집을 나가 남편과 동거하기 시작하면서 제일 먼저 시작한 게 강아지 분양이었다. 물론 이때도 남편의 반대가 심했기에 분양받은 후 한참을 애견샵에서 데려오지 못하고 있다가 몰래 집으로 데려와 키우기 시작했다. 이때

한바탕 크게 싸웠던 기억이 난다.

그런데 얼마 키우지도 못했다. 태환이를 임신하면서 호두를 촌에 데려다 놓게 되었고 공주처럼 자라던 호두는 촌에서 스트레스성 우울증으로 무지개 다리를 건너고 말았다. 내가 호두 소식을 듣고 태환이를 임신했다고 호두를 못 키우게 한 사람들을 얼마나 원망했는지 모른다. 정신과 진료기록지를 보면 한참을 호두 때문에 우울해한 시간들이 많음을 알 수 있다. 그만큼 나는 호두에게 정이 많았다.

이랬든저랬든 시간이 흐르고 태환이가 태어나고 사건사고들이 넘치는 생활을 한 지 10년이 되던 늦가을. 동생을 잃은 태환이에게 강아지라도 키우게 해주고 싶었다. 나도 이제 호두의 아픔을 잊고 새로운 식구가 다시 생겼으면 좋겠다는 생각이 들었다. 그래서 태환이와의 논의 끝에 남편을 설득하기로 했다. 당연히 태환이를 앞세워 남편의 허락을 구하려 노력했지만 개 이야기는 에나콩콩 콧구녕으로도 들을 생각을 안 했다. 할 수 없지. 몰래 데리고 오는 수밖에.

"데리고 와야지!" 마음을 먹자 바로 일사천리로 행동을 움직여야 될 것 같았다. 나는 지역 맘카페를 통해 가정견 분양을 급히 알아보고 애견샵에 문의하여 필요한 물품들을 준비했다. 문제는 수중에 돈이 없다는 거였는데, 에라이 모르겠다. 카드 현금서비스를 받아 다 질러버렸다. 그리고 강아지를 데리고 집으로 왔다. 실버푸들 새끼 수놈으로 통실통실하니 너무 귀여웠다.

핸드폰 위치앱을 보니 남편이 하동 시댁에 갔다가 집으로 돌아오는 길이었다. 심장이 나대기 시작했다. 이제 이 일을 어찌

수습한담? 일단 메시지로 "미안해 정말 죽을 죄를 지었어. 앞으로 내가 살림도 잘 살고 시키는 대로 다 할게. 이번 한 번만 딱 한 번만 용서해줘"라고 보냈다. 그러자 남편이 "와이라노? 집에 개새끼라도 들있나?"라고 답했다. 너무 정확한 답변에 놀라서 소스라치며 핸드폰을 던져버렸다. 그리고 남편이 집에 올 때까지 석고대죄하는 마음으로 무릎을 꿇고 빌고 있었다. 남편이 집에 도착했다.

"태환! 너 엄마 와 이라고 있는데?"

태환이도 내 옆에 무릎을 꿇고 앉더니 "아빠 미안해 용서해줘"라고 했다.

"이것들이 전부 와 이라노? 설마 진짜 개새끼가 돌아다니고 있는 건 아니겄제?" 하는 순간! 몽구가 아장아장 방에서 걸어 나왔다. 그 모습을 보고 남편은 비틀거리며 옆으로 휘청거렸다.

"엄청 싸게 분양받았어! 거의 공짜야! 그리고 내가 책임질게!"

나는 횡설수설 입에서 나오는 대로 대변을 하고 있었다. 아무것도 모르고 방 안을 기어 다니는 몽구가 너무 예뻤다. 태환이도 몽구랑 둘도 없는 형제가 되었다. 남편은 몽구를 계속 못마땅해했다. 그걸 몽구도 아는지 남편이 조금 좋아해 주려고 하면 몸을 배배 꼬면서 오줌까지 지렸다.

그렇다. 너무 사랑을 안 주다가 주면 어쩔 줄을 몰라서 개도 오줌을 지리는데 사람인들 오죽할까. 나도 좀 지려보고 싶다. 이 말이 여기서 왜 나오는지 모르겠지만 말이다. 아! 사랑하고 싶다.

3장
-
나의 조울증 에피소드

들어가기에 앞서

'조울증' 하면 머리에 꽃 단 미친년처럼 헤헤거리며 좋았다가 갑자기 우울해져서 땅귀신처럼 어둠 속을 헤매고 다니는 것을 쉽게 떠올린다. 격하게 표현하면 그럴 수도 있지만 조울증의 양상은 여러 가지이며 사람에 따라 화가 나는 것도 흥분 상태도 웃음도 평온함도 슬픔도 우울함도 그 외 기타 여러 감정을 여러 크기로 다르게 느낀다. 그렇다고 조울증 환자들이 다 서로 각기 다르다는 것은 아니다. 증상이나 특정 행동 그리고 약물 부작용 등에서 공통분모도 분명 있다. 그렇기에 서로 공감하고 소통하며 위로하고 위안을 받는다.

솔직하게 얘기해서 조울증을 앓은 지도 10년이 넘어가니까 이제 어떤 모습이 나의 모습이고 어떤 모습이 조울증의 일환으로 나타나는 행동 양상인지 구분이 가질 않는다. 그만큼 병이 내 삶의 일부가 되어버린 것이다. 그러니 이 비루한 싸움이 언제 끝날까 이젠 궁금하지도 않다. 그냥 가끔씩 스스로 욕하겠지. "아씨, 이 미친년 또 지랄병이 돋았어? 왜 이래?"라고.

때리려면 이렇게 때려

고등학교 때 진주 큰이모집에서 지낼 때였다. 사촌동생이 중2병이 걸리자 이모는 사촌동생을 감당해내기 힘들어했다. 이모의 사촌동생을 향한 잔소리는 이미 일상화되어 있었고, 야단도 쳐보고 때려도 보았지만 말을 듣지를 않자 급기야 가위를 들고 나타나더니 옷장의 옷을 가위로 갈기갈기 찢어버리고 사촌동생의 긴 생머리를 싹둑싹둑 잘라버렸다.

오우. 나는 엄마에게 머리채는 잡혀봤어도 머리카락을 잘려본 적은 없기에 그 모습은 또 꽤나 신선하고 충격적일 수밖에 없었다. 나쁘고 못된 것은 몸이 기억한다. 그날의 기억은 훗날 내 손에 가위를 들리게 했다.

부부싸움을 아주 격정적으로 하는 우리 부부는 꼭 누구 하나 상해를 입던가 기물 파손이 일어나야만 그 자리의 싸움이 끝났다. 어느 한날은 나더러 맞아 죽으라며 실내 사이클을 번쩍 들어다가 내가 서 있는 쪽으로 냅다 던졌다. 안 피했으면 그 육중한 운동기구에 맞아서 죽지는 않아도 어디 뼈가 부러져도 부러졌을 거다. 벽에 구멍이 확 뚫릴 정도의 힘이었으니까 말이다.

신체발부 수지부모라 하였거늘, 나는 격분한 감정을 끝내 삭이지 못하고 가위를 들고 와 자학하기 시작했다. 고이고이 아껴 기르던 몇 가닥 없는 내 머리카락을 사정없이 아주 짧고 긴 머리가 뒤섞인 산발로 만들어버렸다.

정신을 차렸을 땐 이미 남사스러워서 미용실도 갈 수가 없는 꼴이었다. 그렇게 몇 날 며칠을 견디다 도저히 바깥일을 볼 수가 없어 용기 내어 미용실을 찾아갔을 때 미용사의 당황한 표정과 말투는 잊히지 않는다. 하긴 나도 그 꼬라지의 머리카락을 들이대며 어쭙잖은 변명을 한답시고 "머리카락에 껌이 붙어서 자르다 보니 이렇게 되었네요"라고 어색한 웃음을 지었으니. 그냥 입 다물고 가만히 있을 걸 그랬다.

어느 아내가 남편과 부부싸움 하면서 몸으로 치대고 싸우겠나. 당연히 남자에 비하면 체력으로나 체격으로나 불리한 싸움인 게 뻔한데 말이다. 지금 같으면 내가 남편보다 덩치가 크기 때문에 한번 싸워볼 만도 하지만 그땐 얇실했으므로 남편의 니킥에 벽으로 날아가 처박히는 나였다.

그럼에도 불구하고 저놈의 자식 오늘 밤 한번 내 손으로 죽여보자며 끝까지 기어 올라타서 주먹을 날리던 나였다. 당연히 내가 날리는 주먹이 잘 먹힐 일이 없지. 그러다 반격이 들어왔고 남편에게 여기저기 맞아 터졌다. 경찰을 부르는 것도 한두 번. 지긋지긋한 부부싸움질에 경찰이 나서서 해주는 것도 없었다. 괜히 하우스 전투로 난장판이 된 남의 집에 신발 신은 채로 들어와 방문 앞에 서서 서성이다 돌아가면 그만. 가정폭력으로 남편을 구속해갈 거야 어쩔 거야. 경찰에 신고해봤자 나의 패배만 경찰에게 알리는 것 같아 쪽팔려서 그 뒤론 부르지도 않았다. 또 온몸이 부들부들 떨리면서 분해서 죽을 것만 같았다. 감정을 조절할 수가 없었다.

그때 내 눈에 들어온 콩순이 장난감 계산대! 나는 그 장난감을 손에 쥐고 오늘도 남편에게 때려 맞은 바보 멍청이 같은 나 자신을 학대하기 시작했다. 얼마나 머리를 내려쳤을까 장난감이 부서져 나가고 새빨간 피가 여기저기서 줄줄 타고 흘러내리기 시작했다. 나는 그대로 스윽 일어서 옆방에 누워 있는 남편에게로 소리 없이 다가갔다. 남편은 내 모습을 보자 흠칫 놀라서 눈이 휘둥그레지며 벌떡 자리를 박차고 일어섰다.

"뭐이고? 뭔 일이고?"

"앞으로 때리려면 이렇게 때려. 어중간하게 멍만 들게 때릴 거면 내 몸에 손 대지마."

낮고 차분한 목소리로 대답하고 다른 방으로 자리를 옮긴 뒤 피를 흘리는 채로 그대로 누워 아주 고요한 잠을 청했다.

남편은 미친 똘끼가 다분한 내 모습이 마치 사이코패스 같았는지 그날 이후로 내 몸에 손대지 않았다. 한 번씩 술에 거하게 취하면 방바닥을 내리치면서 이렇게 말한다.

"야! 다른 년 같았으면 벌써 한 대 때렸어, 인마! 내가 말이야! 네가 김보혜라서 못 때리는 거야!"

나는 이 말을 '나는 너를 너무 사랑해'라는 의미로 받아들이기로 했다.

집순이는 본캐
날라리는 부캐

화장품 방판 영업을 했던 내 나이가 아마 스물여섯에서 스물여덟이었을 거다. 그때 내 기준으로 예순을 넘기면 여사님, 그 이하는 언니라고 불렀다.

처음엔 그게 참 어색했지만 나중에는 입에 착착 붙어서 언니들 싸움이라도 나면 “아이~ 와 그래싸! 막내 놀라서 그만둔다는 소리 나올라!” 하면서 열 받아 씩씩대는 왕언니에게 시원한 물 한 잔 떠받쳐 들고 가서 “누가 그랬쪄? 누가 울 엉가 열받게 했쪄? 응? 다 나와봐! 내가 밟아줄껴!” 아양을 떨며 열을 삭히게 만들기도 하고 회식 날이면 분위기 앞잡이 노릇도 했다.

얼마나 잘 받아마셨는지 한번은 관광차에서 술을 받아마시고 휴게소에서 화장실에 들르려 버스 계단을 내려가다 내 뾰족구두가 대걸레 뭉치에 걸리면서 그대로 슈퍼맨처럼 날아 휑 빠당! 바닥에 엎어지면서 앞니 옥수수가 다 털릴 뻔했다. 입술이 퉁퉁 이가 흔들거리면서 그래도 신난다고 막내 노릇한 거 보면 그땐 참 내 열정이 그만큼 대단했다고 해야 할지. 뭐라 해야 할지.

그래서인지 방판 영업을 그만두고 다른 일을 하더라도 사회생활을 하면서 사람들을 만나는 것에 있어 두려움이라든지 별 어려움이 크게 없었다. 그냥 어른들은 젊은 애가 '언니'라고 불러주는 호칭에 자기도 젊어진 것처럼 너무 좋아라 했고, 나를 예뻐라 했다. 그러면 또 나는 나이 든 언니들 앞에서 궁둥이를 씰룩거리며 재롱을 피워댔다. 그런 내 모습을 또래 친구나 언니들이 지켜보면서 참 신기해했고 한편으로는 그런 활발함과 붙임성을 부러워했다.

"가시나 이년 이거는 참 잘 놀아. 그리고 성격이 참 밝고 좋아."

아니다. 난 잘 놀지도 못하고 성격이 좋지도 못하다. 소심왕의 끝판왕이며 그 순간 술의 힘을 빌려서 미쳐서 가면을 쓰고 논다. '나는 지금 내가 아니다'라고 생각하고 말이다. 나는 집을 좋아하고 집에 가만히 혼자 누워서 천장만 보고 시체놀이 하는 것을 좋아한다. 아무런 누구의 그 어떤 방해도 없이.

막 돌아다니는 나를 보고, 여기저기 전화하는 나를 보며, 지인도 많고 약속도 많은 바쁜 사람으로 오인하지만, 실질적으로 그렇지 않은 인간이다. 웬만하면 잡히는 약속은 취소할 수 있으면 취소하거나 디로 미루는 편이며 오는 연락 외에 내가 먼저 연락하는 그런 일은 거의 일어나지 않기에 인간관계 역시 활발하지 않다.

해바라기처럼 참 밝아 보인단다. 참 자주 듣는다. 인상이 밝다는 얘기. 착하다는 얘기. 그럴 때마다 나는 속으로 비웃는다. 그리고 슬퍼서 운다. 또 얼마나 두꺼운 가면을 내가 손에 쥐고 있었나 싶어서. 또 얼마나 나를 속이고 그대 앞에서 허우대 멀

찡한 광대 같은 삐에로였나 싶어서.

나는 나이고 싶은데. 그냥 편하게 나이고 싶은데. 왜 나로 살지 못하고 늘 척하는 나인 건지. 늘 누군가의 보호와 그늘이 필요한 나약해 빠진 나인 건지 모르겠다. 서른다섯 살, 아니 서른여섯이 다 되도록 말이다.

언제 어디서부터 잘못되었을까. 아니면 언제 어디서부터 어떻게 해야 내가 나로서 제대로 살 수 있을까? 누가 속 시원하게 답 좀 가르쳐 줬으면 좋겠다. '제발…'이라고 겉으로 내뱉으면 꼭 어디선가 "예수를 믿어라" 혹은 "부처에 귀의하라"고 할 것 같아서 꾸욱 입 다물고 사는 이내 심정을 누가 아리오. 이럴 때 쓰는 말인가? 오호통재라…….

폭음과 함께한 전기놀이

백화점에 근무하고 있을 때였다. 백화점에는 명찰 종류가 가슴에 다는 옷핀형과 목에 거는 목걸이형이 있었는데, 어찌 됐건 회사 규정상 밖으로 나갈 때는 명찰 달기를 금하고 있었으므로 유니폼 착용 매장이 아니면 대부분 탈착이 손쉬운 목걸이형 명찰을 이용했다. 목걸이형 명찰을 이용하고 있으면 백화점 밖으로 나갈 때면 옷 속으로 명찰을 쏙 집어넣으면 그만이었다.

사람 습관이 무섭다고 명찰을 쏙쏙 옷 안으로 집어넣다 보면 애사심이 불타는 직원은 퇴근할 때까지 명찰을 옷 속에 숨긴다. 그렇게 집으로 곧장 들어가면 문제야 될 것 없겠지만 우리 매니저처럼 목욕탕으로 직행할 경우에는 문제가 된다. 벌거벗고 ○○백화점 ○○매장 매니저 ○○○ 명찰을 달고 대중탕을 제집처럼 휘젓고 다니면서 사람들이 쳐다볼 때마다 '뭘 봐? 가슴 큰 여자 처음 봤어?'라는 눈빛을 쏘아대면 대단히 곤란해진다.

"저기……."

"네! 저 가슴 커요! 자연산이에요! 왜요!"

"아니, 그게 아니라… 목걸이……."

"헙…….! 죄, 죄송합니다."

이런 언니들이 꼭 나이 들면 브라자 겉면과 속면 구분을 힘들어하고 팬티 앞뒤 구분을 헷갈려해서 뒤집어 입곤 한다. 뒤집어 입은 줄도 모를 만큼 편한 속옷을 탓하랴, 온데간데없는 정신머리를 탓하랴. 그냥 제멋에 사는 게지. 차라리 나도 정신머리가 없는 짓을 하는 게 어떨까 싶다. 제멋대로 산다고 치부하기엔 어처구니없이 위험한 행동을 많이 하는 것 같다. 앞뒤 생각 없이 그 순간 사고를 일으키니 말이다.

감사하게도 여느 집 남편네들은 통금시간을 자체적으로 잘 지킨다지만 여느 집 남편네들은 집구석에 들어오면 큰일이라도 생기는 줄 아는지 그렇게 바깥에서 맴돌며 집에 기어 들어오질 않는단다. 다행히도 우리 남편은 집에는 잘 기어 들어오는 편이다. 다만 한 번씩 뜨는 해와 함께 굿모닝 인사를 건넨다는 오점이 있지만.

그런 날에는 다른 말이 필요 없다. 전화를 걸어서 어디 있느냐고 추궁할 필요도 없다. 어차피 전화를 걸어봤자 내 전화는 착신 돌림을 당하거나 설사 연결이 된다 하더라도 나에게 둘러대는 거짓말로 자신의 정당함을 찾을 것이 뻔하기 때문이다. 그래서 그런 날에 나는 그냥 현관문에 LOCK키를 건다.

집에 도착한 남편은 별 그림을 그려대는 숫자 그림자를 쫓아 비밀번호를 풀어보려고 여러 차례 시도해 보지만 현관문이 열리지 않는다. 다시 한번 천천히 눈에 힘을 주고 숫자와 싸울 기세를 하고 똑바로 눌러 보지만 현관문이 열리지 않는다. 그제야 남편은 현관에 락키 또는 비밀번호가 바뀌었음을 눈치챈다.

아니나 다를까 내 핸드폰은 잠시 후 쉴 새 없이 울리기 시작한다. 락키가 걸려 열리지 않는 현관문을 열어달라는 남편의 신호다. 그 다음 단계는 나지막한 목소리로 애타게 내 이름이 계단에 울려 퍼진다. 그것도 신통치 않으면 손으로 문을 두드리다가 나중에는 발로 문을 차기 시작한다. 그러다 동시에 현관벨이 미친 듯이 울린다.

3중 오케스트라의 향연이 계속되는 가운데 바깥에서는 이웃집에서 조용히 좀 해주라는 경고의 목소리가 들린다. 머리끝부터 발끝까지 탈탈 털어 '성실' 하나만 있는 줄 알았는데 '예의'도 있었나 보다. 술에 찌든 그 와중에 조용히 하란다고 또 조용히 한다. 그런데 집에는 들어와야겠으니 가장 조용한 방법인 나에게 전화하기를 택한다. 그러면 나는 핸드폰을 꺼버린다. 그럼 다음으로 선택할 수 있는 건? 자기 생각에 초인종밖에는 없나 보다.

그때부터 밖에서는 미친 듯이 초인종을 눌러대기 시작한다. 당연히 안에서는 미친 듯이 초인종이 울려대는데 이런 젠장할. 벨소리가 너무 성가시고 시끄럽다. 그래서 인터폰 코드를 뽑으려는데 매립형이라 전기선 코드가 없다. 어쩔 수 없이 나는 인터폰 수화기를 내려놓았다.

그랬더니 밖에서 벨을 누를 때마다 삑- 삑- 거리는 소리가 너무 크고 거슬리게 들려왔다. 이 인터폰만 어떻게 하면 모든 게 조용해질 것 같았다. 그래서 나는 부엌에서 가장 튼튼해 보이는 가위를 들고 와서 인터폰 줄을 잘… "펑!" (…라버렸다.) 우와우! 눈앞에서 큰 폭발음과 함께 불꽃놀이를 목격하였다. 그리고 그 짧은 찰나의 순간 나는 '아! 축 사망. 이렇게 오늘 밤 나는 가는구나.' 진심으로 그런 생각을 했다. 어려서부터 어른들이 불장난은 하는 거 아니라고 했는데, 하물며 전기장난은 더 하는 게 아닌데 나는 간이 부었다. 이날 정말 식겁했으므로 다시는 전기장난 외 불장난은 하지 않기로 다짐했다.

그깟 타이어에 구멍을 내겠다고

다른 집은 부부싸움을 어떻게 하는지 모르겠다. 우리 집은 부부싸움을 아주 격렬하게 하는 편이다. 지금이야 내 덩치가 제법 그럴듯하기에 남편의 짧은 다리로 애쓰는 하이킥이나 투펀치 어퍼컷에 밀리지 않고 오뚜기처럼 제자리를 지키고 있지만 몇 년 전 여리여리할 때까지만 해도 개구리 뒷다리 펴기 같은 발차기에 냅다 벽에 내려꽂히곤 했다. 그러면 나는 힘으로는 대적할 수 없으니 고래고래 고함을 지르며 악을 쓰기 시작했다.

그러던 어느 부부싸움의 날 내가 악쓰며 소리 지르는 것이 시끄럽다며 이 남자가 집을 나갔다. 황급히 뒤쫓아나갔더니 차 문을 걸어 잠그고 그 안에서 팔짱을 낀 채 시위를 하신다. 추운 겨울에 동네 우사도 그런 우사가 없다. 아니 우사는 내가 만들고 있었다. 옷도 반쯤 입은 채 만 채 헐렁한 롱셔츠에 슬리퍼 차림으로 차 문을 두드리면서 나오라고 나오라고 소리치고 있었기 때문이다. 내가 나오란다고 나올 리 없는 남편은 동이 틀 때까지 차 안에서 버티고 있었다. 나는 추워서 벌벌 떨며 집 안과 밖을 오가길 여러 번 점점 더 약이 올라 부들부들 떨리는 분을 삭이지 못해 어찌할 바를 몰랐다. 당장 눈에 보이는 저 차부터 어떻게 해치워야겠다는 생각을 했다.

타이어에 펑크를 내자고 맘을 먹었다. 온갖 서랍을 뒤져 제일 크고 긴 못을 찾았다. 그걸로 타이어를 있는 힘껏 찔렀다. 에나 콩콩. 타이어가 그렇게 질긴 줄 나는 그날에야 알았다. 내가 힘이 없는 건지 원래 그렇게 해서는 박혀 들어가지 않는 건지 흠집조차 나지 않았다. 안 그래도 바짝 약올라 있는 내 성질에 타이어까지 보태니 불타올라 눈에 보이는 게 없었다. 그때였다. 남편이 차에서 내려 백기를 들고 집으로 들어갔다. 하지만 나는 이미 눈에 뵈는 게 없는 상태라 그대로 있는 힘 없는 힘을 다 긁어모아 못으로 차를 다 긁어버렸다. 속이 시원했다. 아침이 밝아오기 전까지. 날이 밝아오자 지나가던 동네 주민들이 차를 보고 그렇게나 친절하게 전화를 많이 해주셨다.

"누가 차를 엄청나게 긁어 놓았어요! 와서 좀 보셔야겠어요!"

남편은 심하게 훼손된 차를 보고 정말 어처구니가 없었는지 화조차 나지 않는 듯했다. 도색하거나 수리할 돈도 없어 남편은 얼마 전 폐차하던 그날까지 나의 황칠을 애정의 타투 삼아 그냥 타고 다녔다. 그러다 누군가 물으면 꼭 이렇게 대답하더라.

"아이고 누가 차를 이리 무식하게 만들어 놨습니꺼?"

"그 우리 동네에 미친 여자 있습니더."

"보상은 받았고예?"

"완전 또라이 정신병자라예. 뭔 보상입니꺼. 똥 밟은기지예."

어쩌라고? 확마! 그냥 라쉬와캐쉬 땡겨서 새 차 뽑아줘버릴까 보다. 남편에게 보상 제대로 해주지 뭐. 사채 빚을 내서라도.

시댁에서 꼬장 부리기

찰칵. 찰칵.

"큭큭큭 (팍) 아얏! 와 남 뒤통수를 때리고 그라노?"

"니는 지금 웃음이 나오나?"

"그라모 웃긴 걸 보고 웃지! 우나?"

"하여튼 정신병자라! 니는!"

시아버지께서는 술을 너무나도 사랑하셨다. 젊어서는 평범한 여러 집 가장이 그랬듯 빚보증으로 어머니를 힘들게 하셨고 그 외 이런저런 이유들은 평범한 여러 집 가장이 그랬듯 아버님을 한 잔의 술잔, 아니, 여러 개의 소주 대(大)병 속에 하루의 위안과 노고를 달래게 하였다.

나도 마셔보니 알겠더라. 술을 좋아하는 사람에게는 술집 마담의 미모나 몸매 따위는 그다지 중요치 않다. 안주도 필요 없다. 오로지 술술 넘어가는 술과 흥얼거리고 타고 오르는 술기운이면 그걸로 족하다. 아버님도 흥얼거리며 타고 오르는 술기운이 꽤나 흡족하셨는지 고방에 쥐방울 녀석이 드나들 듯 드나드시며 소주 대병을 홀짝거리셨다. 그리고는 적적히 취한 취기를 낮잠으로 풀어내시곤 하셨다.

'에에효호효호호퓨후후루루'

그날도 아버님은 낮잠을 주무셨는데, 방이 아닌 마당 가운데 떠억하니 누워 2층 주거공간으로 이르는 계단을 베개 삼아 베고는 어찌나 숨소리마저 맛깔스럽게도 주무시는지. 웃음이 안 나려야 안 날 수가 없었다.

한참을 키득키득 혼자서 웃다가 황급히 핸드폰을 꺼내 들었다. 찰나의 순간을 놓치고 싶지 않아서였다. 그리고는 막 사진을 찍던 그 순간 하늘에서 별에 우수수 떨어졌다. 남편이 내 모습을 지켜보다 내가 자기 아버지를 농락하는 듯한 기분 나쁨을 내 뒤통수를 때리는 것으로 표현한 것이었다. 웃자고 시작한 일이 판이 커졌다. 남편의 파워가 너무나 셌다.

그날은 명절이었으므로 저녁이 되자 온 식구들이 모였다. 나는 시댁에서 웃어야 했는데 낮에 맞은 뒤통수 때문에 하루 종일 입이 튀어나와 있었다. 결국 술이 한잔 두잔 들어가자 폭주하기 시작했다. 시부모님도 보이지 않았다. 그날의 내 감정과 쌓여온 감정들이 뒤엉켜서 눈물 바람을 시작하다가 그래도 분이 안 풀려서 신발도 안 신은 채 맨발로 대문을 박차고 불빛 한 가닥 없는 촌길을 걸어 나섰다.

씩씩거리며 걸은 지 5분쯤 지났을까. 암흑 천지인 촌길이 너무 무서워서 '내가 미친년이지'를 수없이 되뇌었지만 차마 쓸데없는 자존심에 되돌아갈 순 없었다. 한참을 걸었을까. 신이시여. 그 촌에 웬 택시회사가 있단 말인가. 이런 또 신이시여. 아들 태환이 용돈으로 받은 3만 원이 내 주머니 속에 들어있었다.

"기사님, 보시다시피 제가 사정이 있어서 지금 이 밤늦게 신발도 없이… 쫓기는 몸은 아니니 경찰에 신고하실 필요는 없으시고요. 집이 진주인데 가진 돈이 3만 원뿐이라 진주까지 어떻게 안 될까요? 제가 지금 핸드폰도 없고 아무것도 없어서 부족하시면 계좌번호 주시면 내일 이체시켜드릴게요."

"우선 이 슬리퍼라도 좀 신으소. 내 방범 때메 나왔다가 인자 집에 갈라던 참이라. 딱해 보이는구만 길 엇갈렸으모 우짤 뻔했노. 차 타이소. 딸 같아서 내 태아준다."

그렇게 나는 하동에서 진주집으로 넘어왔고 촌에서는 밤새 실종된 한 여인을 찾기 위해 논밭을 뒤지고 아주 난리가 났었다고 한다.

나는 잠만보일세 건들지 말게

사람이 잠을 안 자고 버틴 시간이 얼마인지 찾는 것이 얼마나 오래 잤는지를 찾는 것보다 빠를지도 모르겠다. 그만큼 잠을 오래도록 잔다는 것은 기본적으로 힘든 세상이 되어버린 것 같다. 자기 개성이 뚜렷한 MZ 세대가 만연한 지금은 또 모르겠지만, 앞선 수능세대에서는 4당5락이라는 말이 있었으니 사회적으로 잠을 많이 자는 것을 그렇게 선호하지 않은 듯하기도 하다.

그럼에도 불구하고 나는 잠을 자는 것을 좋아한다. 웬만하면 깨지 않고 몇 날 며칠 오래도록 길게 자는 것을 좋아하는데, 불가피한 생리현상 때문에 잠에서 어쩔 수 없이 깨어났을 땐 너무 오래 잔 탓에 머리가 깨질 듯이 아프지만 그조차도 금방 잠으로 해결해 버리면 그만이기 때문이다.

내가 이렇게 말하면 수면장애를 가진 불면증 환자가 어떻게 몇 날 며칠씩이나 잠을 잘 수 있냐고 물을 것이다. 그러게. 어떨 땐 잠을 못 자서 괴로워 죽을 것 같고, 어떨 땐 잠만보처럼 잠만 자대는 나를 나도 이해할 수는 없지만, 그냥 잠에 취해있을 때는 자유로운 꿈을 꾸고 있는 것 같다고나 할까. 어쩌면 나는 내 안에 항상 늙음을 갈망하고 있고 그 늙음을 갈망하는 전제는 죽음에 있으므로 선잠이든 꿀잠이든 내가 잠에 든 순간은 행복한 순간이다. 마치 피곤에 찌든 이 삶을 살아내는 나의 대견함에 대한 보상이자 선물 같은 것 말이다.

나는 잠을 자는 것이 좋다. 특히 이런저런 잡생각이 많은 나로서는 잠이 들어버리는 그 순간이 낙원이자 천국이다. 그래서 초저녁부터 수면제에 취해 눈동자가 반쯤 풀려 있을 때가 많다. 맑고 영롱하던 내 눈동자는 어디론가 사라져 버리고 약에 취한 내 눈은 제멋대로 나를 조정한다. 포만감이 있어도 음식을 먹게 하고 술에 취한 듯 없던 용기를 샘솟게 만들어 무슨 사고를 안 치면 다행이다. 그렇게 아슬아슬한 몇 시간을 보내다 선잠이 들게 만든다.

약에 취한 잠은 쉬이 상쾌하게 깨어나지도 않는다. 다음 날까지 사람을 멍 때리게 만든다. 자연스레 이러한 시간이 반복될수록 예전의 영특함은 사라지고 바보 같은 나만 남게 된다.

"저는 업무를 익히는 속도가 느린 편입니다." 아니요. 원래 그렇지 않아요.

"너 왜 그렇게 멍 때리니? 무슨 생각을 하니?" 아니요. 아무 생각 안 해요.

"보혜 씨, 이해했어요?" 아니요. 무슨 말인지 모르겠어요.

아니요, 아니요, 아니요, 라고 외치고 싶어요. 저 안 그렇다고요. 저 느리지도 않고 멍 때리지도 않는데 이제 사람 말이 빨리 빨리 이해가 안 가요. 그리고 언젠가부터 계속 누군가에게 지적을 받고 있어요. 멍 때린다고. 느리다고. 이해를 못 하는 것 같다고요.

그러고 나면 또 저는 잠을 청하겠죠. 유리멘탈에 소심하디 소심한 저는 현실도피의 한 방편으로 또 잠 속으로 숨어버리겠죠.

한번은 동생이 그러더라고요. 누나의 24시간을 찍어서 보여주고 싶다고요. 자기 모습이 어떤지 봐야 병을 고칠 수 있다고요. 10년 넘게 동고동락한 병이자 생활습관이 되어버린 일상들인걸요. 굳이 카메라로 찍어서 보여주지 않아도 나의 모습이 어떤지 저는 잘 알고 있습니다.

우리 환자들은요. 자기가 어떤 상황인지, 어떤 상태인지, 어떤 생각을 가지고 있는지 그래서 어떻게 하고 싶은지 다 알고 있어요. 다만 그게 맘처럼 생각처럼 움직여지지 않는다는 거예요. 그래서 병이라고 부르는 거고 우리는 당신들과 다르다고 치부하는 거잖아요.

그냥 감싸 안아주세요. 들어주세요. 채찍질하지 마시고 가르치려 들지 마세요. 누구보다 자기 자신의 상태는 자기 자신이 더 잘 알고 있으니까요. 누구보다 제일 정상적이고 싶은 사람은 바로 나, 우리들입니다.

씨사이병이라고 하지요

진주 사투리 중에 '씨사이' 라는 말이 있다. 주로 명사로 쓰이며 소견머리 없고 주책없는 사람을 일컫는 말이라고 설명하고 있다. 통속적으로는 정신 나간 여자쯤을 두고 말한다고 보면 될 것 같다. 병원에 입원했을 당시 내 병상 맞은편에 우울증 환자가 있었는데 우울증이라고 하기에는 다소 특이한 행동 기질을 가지고 있었다. 그건 바로 씨사이병이 있었다는 것이었다. 고개를 푹 숙이고 있다가 갑자기 막 웃기 시작하는데 그것도 소리 없이 한참 동안을 꺽꺽 웃어댄다. 처음에 나는 무슨 만화책이 그렇게 재미있나? 생각했었다. 아니었다. 그냥 자기 혼자 웃어대는 것이었다. '아, 저 분 씨사이병이 있구나. 심각하구나. 저런……. 에구구' 싶었다.

그러고 보면 나도 씨사이병이 심했다. 원래 아이들은 지나가는 낙엽만 보아도 꺄르르꺄르르 웃는 게 당연한 일이라지만 나는 지나가는 낙엽을 보고 떼굴떼굴 굴러다니며 웃는 아이였다. 그만큼 별것 아닌 것에 씨사이처럼 웃어댔으니 참 마음이 깨끗하다고 해야 하나, 멍청하다고 해야 하나.

컴퓨터게임을 하던 아빠가 의자에서 슬금슬금 내려오더니 한 쪽 무릎을 꿇고 말없이 앉는다. 그리곤 쪼그린 다리 뒤꿈치로 지려 새어 나올 듯한 똥구멍을 막으며 "아이고 똥이야" 한마디 내뱉으면서도 게임 캐릭터가 죽을까 봐 마우스에서 손을 못 떼는 그 모습이 어린 마음에 얼마나 웃겼던지 배를 잡고 데굴데굴 구르며 하루 종일 미친 듯이 눈물 콧물 침까지 흘려가며 웃어 댄 적이 있다. 아마 지금처럼 괄약근이 약해 케겔운동이 필요한 시점이었더라면 아빠 대신 내가 똥까지 지려가면서 웃었을지도 모를 일이다. 그만큼 별것도 아닌 일에 숨이 넘어가도록 웃는 게 나였다. 그런 내가 조울증에 걸렸으니 기분이 업되었을 땐 세상이 과연 어떻게 보였을까? 당연히 구름 위를 걷듯 온몸이 가볍고 기분은 하늘을 날고 세상은 내 것처럼 모든 마음이 열린 상태가 된다.

지나가는 모든 사람에게 인사를 먼저 건네는 것은 물론이고 세상 친절하기는 둘도 없다. 그런데 대통령 표창장은 어째서 못 받았는지 모르겠다. 한번은 백화점에서 일할 때였는데 매대에서 상품을 고르고 있는 고객님에게 다가가 미친 여자처럼 친한 척하며 상품을 권했더니 고객님께서 한참을 나의 질문에 대답하시다가 "그런데 저 아세요? 누구세요?"라고 물으셨던 적이 있다. "네? 저 이 매장 직원인데요? 오홍홍홍 저 이상한 사람 아니에요."라는 내 대답에 고객의 발걸음은 슬금슬금 나에게서 멀어져 다른 곳으로 향했다. 그 상황마저도 웃겨서 혼자 푸하핫 웃어대었는데, 바로 이것을 씨사이병의 일례라고 할 수 있겠다.

나는 요즘 배달앱 콜센터에서 근무 중이다. 최근에는 직장에서 직원들끼리의 단톡방에서 대화하다가 음식 배달 어플 리뷰 얘기가 나와서 한참 얘기하는 중에 피자가 찬바람을 맞아서 그런지 식어서 왔다는 별 얘기도 아닌 것에 또 나 혼자 빵터져서 혼자 끄억끄억 웃기 시작했다. 하필이면 그때 콜이 꼽혀서 "반갑습니다. ○○○○○ 김보혜입니다"라고 맞이인사는 겨우 했는데 고객님께서 대뜸 불고기주니어와퍼를 찾더니 나의 계속되는 웃음으로 인한 묵언수행에 "여보세요!"라고 상담원을 찾더니 전화를 끊으셨다. 나는 급하게 내 자리에 콜이 들어오지 않도록 조치를 취하고 이 내용을 공유했다. 그랬더니 선임분께서 덜 익은 영계통구이 배달건에 리뷰가 '제 친구가 수의사인데 살릴 수 있는지 한번 테스트해보겠습니다'라고 달린 걸 본 적이 있다는 말을 하시는 순간 나는 씨사이 열차를 타고 지구 밖으로 터져나갔다.

괜찮다. 씨사이병은 무게 잡고 있을 때나 싸움질하고 있을 때만 안 터지면 상관없는 아무나 가질 수 없는 반짝이는 보석 같은 매력이다. 괜히 싸우거나 무게 잡고 얘기하고 있는데 상대방 콧구멍 속에서 팔락이는 코딱지가 눈에 띈다거나 과거에 웃겼던 생각이 문득 떠올라 피식 하고 웃음보가 터져서 죽도 밥도 아닌 상황을 만들어 버리지만 않는다면, 씨사이병은 아무나 가지지 못하는 병이기 때문에 나름 백치미로 통하기도 하므로 언니, 오빠야들에게 귀여움받기에 좋은 방편이 되기도 하니 너무 주눅들 필요는 없을 것 같다. 세상의 모든 씨사이들이여, 용기를 가져라!

저보다
언니 맞으시죠?

2년 전 피부미용 국가자격증을 취득하기 위해 1년간 부산에서 학원에 다니며 양산 엄마집에 머무른 적이 있다. 피부미용기술과 함께 슈가링왁싱, 경락 과목을 함께 수강했는데 슈가링왁싱 첫 수업이 시작되던 날이었다. 같은 반 수강생들이 개인 멘토의 응원을 받으며 쭈뼛쭈뼛 강의실로 한 명씩 한 명씩 들어왔다.

총 5명. 대충 눈으로 훑으니 나이대가 20대 초중반 2명, 나(34세), 30대 후반 2명(실제 40대 초반)처럼 보였다. 다들 처음 보는 사이라 데면데면할 찰나에 다행스럽게도 오지랖과 푼수끼를 장착해도 자연스러울 여자 셋 이상의 무리였기에 그 새를 못 참고 분위기를 살리려 너나 할 것 없이 말꼬리를 가로채 물어가고 있었다.

수업이 끝났다. 다 같이 있을 땐 어색함을 숨길 수 있었지만 따로 있게 되면 어쩌나, 활발함 속에 가려진 소극적인 찐 내면을 지닌 나로서는 행여나 집으로 가는 동선이 겹칠까 내심 걱정이 되어 후다닥 발걸음을 지하철역으로 옮겼다. 노포로 향하는 지하철이 도착하고 다행히도 그때까지 같은 반 수강생은 보이지 않았다. 안전스크린 도어와 함께 지하철 문이 열리고, 익숙한 '발 빠짐 주의! 발 빠짐 주의!' 경고 안내음이 나오면서 지하철에 막 타려고 하던 그때 '엥? 이거 어떻게 된 일이야? 저분이 왜 여기?' 한창 코로나로 집 나간 햄스터도 찾아줄 수 있을 만큼 한적한 서면역이었다. 분명 오는 길 내내 지하철 기다리는 동안 수강생 머리카락도 못 봤는데 어떻게 그것도 내가 타려는 칸 바로 문 앞에 앉아 있는 건지 알 수가 없었다.

그 순간 발 빠짐 주의가 '얼 빠짐 주의! 얼 빠짐 주의!'라고 들리는 듯했다. '내 귓구멍에 살찐 건 아니겠지?' 어쩔 수 없다. 또 친한 척하며 떠들어야 이 시간을 보낼 수 있을 테니. 서로 어색함을 없애기 위해 무슨 말이든 꺼내기 시작했다.

다행히 피부미용이라는 공통분모가 있었고 한참 피부미용에 대해 이야기를 나누었다. 그분이 내릴 역이 다가오자 얘기를 마무리 지으려는 듯 마지막 말을 꺼냈다.

"아, 저… 언니? 저보다 언니 맞으시죠? 저 마흔한 살인데."

'켁! 마, 마… 마흔한 살! 41-34=7 일곱 살? 응? 나더러 지금 언니라고 한 거야? 어딜 봐서?'

"저 서른넷이에요! 언니!"라고 당당하게 얘기하고 싶었지만 그러기엔 통실통실 살찌고 화장기 없는 얼굴에 부스스 날리는 몇 가닥 없는 머리카락이 마음과 달리 입을 앙다물게 했다.

"아하하하하하. 마흔한 살이세요? 완전 동안이시네요! 저는 30대…… 아 네 지금 30대예요, 하하……."

지하철은 그분의 약간 놀란듯한 표정만 확인사살할 시간을 허락한 채 다시 제 갈 길을 찾아 떠났다.

'뭐? 하하하?… 하하하…? 이런 바보 멍청이! 왜 서른네 살이면 서른네 살이라고 당당하게 얘길 못해!'라고 자책하던 나는 어쩌면 어려 보일 수 있을까 밤새 고민으로 뒤척이며 잠들다 새벽에 잠에서 잠깐 깬 틈에 비몽사몽으로 가위를 손에 들고 앞머리를 자르기 시작했다. 나도 오죽 급하긴 급했나 보다. 그 새벽에 앞머리를 내겠다고 머리카락을 잘라댄 걸 보면 말이다.

한데 어려 보이기엔 그걸로는 부족한 듯했다. 날이 밝자마자 마트부터 찾았다. 염색약을 사와 밝은 톤으로 머리 색을 바꿨다. 그래도 성에 안 찼다. 미용실로 달려가 미용사에게 무작정 "최대한 어려 보이게 잘라주세요!"라고 말했다. 미용사는 "나이 들어 보이진 않는데 어리게 잘라 달라니요"라고 반문했다. 구구절절 있었던 이야기를 해줄 수도, 그렇다고 내 나이가 서른넷인데 서른넷으로 보이냐고 묻기도 애매했다. 그저 순간에 내가 할 수 있는 거라곤 머리카락을 괴롭히는 것밖에는 없었기에 대충 웃으며 다시 한번 그냥 어리게 잘라 달라고 했다. 그리고 살을 빼기 위해 식단 조절과 운동을 시작하며 옷차림과 화장에도 신경 쓰기 시작했다.

한 달이 지나고 두 달쯤 지났을까, 15kg 감량과 함께 나도 스타일도 달라졌다. 같은 반 수강생들은 화장법을 물어보기 시작했고, 카톡 프로필 사진을 본 지인들로부터 살 빠지고 예뻐졌다며 안부 인사가 많이 오기 시작했다.

아! 이래서 여자는 꾸미고 살아야 되는구나! 또 한 번 느껴지는 순간이었다. 사실 결혼 생활이 권태로울 때 나는 나를 꾸미는 데 시간을 썼다. 그때는 나이도 몸매도 이쁠 때라 유부녀였지만 뭇 남성들의 연락을 많이 받았었다. 물론 지금 내 나이가 안 이쁘다는 건 아니지만, 살은 안 빼냐는 둥 그래서 신비감이 들겠냐는 둥 매일 트집 잡는 남편 때문에 여자로서 자존감이 바닥을 쳤던 나였다. 그러나 이젠 그러지 않기로 했다. 나는 나로서 충분히 가치 있고 매력 있는 여자라는 걸 느꼈기 때문이다. 그렇기에 아직은 인생에 있어 미완성인 지금의 내 모습도 예뻐하고 사랑하기로 했다. 사랑한다. 김보혜!

개랑 같이 쫓겨났어요

어찌 보면 미친 생각일지도 모르죠. 가끔씩 바람이 나고 싶으니까요. 그러나 그만큼 사무치게 외로울 때가 많이 있습니다. 남편과의 권태기는 지났다고 생각해요. 그렇다고 우리 부부가 살뜰하게 서로를 살피지는 않죠. 남편은 타고나길 무뚝뚝한 경상도 사나이고 저는 그런 남편에게 길든 애교 없는 아내거든요. 당연히 우리 부부 사이에는 대화가 없습니다. 남편과 저는 퇴근 후 각자 볼 일로 바쁘죠.

외래 상담 때 담당 교수님을 만나지 못해 담당 주치의와 긴 면담을 가질 수 있었어요. 그때 선생님이 저에게 물었죠. 남편이 어떠어떠한 상황 속에서 나에게 뭐라고 얘기하는지 말입니다. 나는 한참 생각했어요. 갑자기 끊긴 대화의 맥을 어떻게든 이어나가고 싶은데 선생님 질문에 막혀버린 내 모습이 순간 당황스러웠기 때문이죠.

"음, 글쎄요. 저희는 대화가 없어서…… 잘 모르겠네요."

"남편분과 평상시 대화를 안 하시나요?"

"10년 넘게 함께 살면 이렇게 되는 거 아닌가요?"

"그런가요? 전 결혼한 지 10년이 안 돼서 아직 잘 모르겠네요."

"아녜요. 생각해보니 저희는 원래 이랬어요."

"원래 두 분 사이에 대화가 없으시군요."

"네, 신혼 때도 누가 보면 싸운 줄 알았어요. 그만큼 대화가 없었어요."

그러다 사건이 터졌습니다. 제가 로맨스스캠을 당했어요. 경찰서에서 피해자 조사를 네 시간 받고 나와서야 알았죠. 내가 사기꾼에게 갖다 바친 돈이 총 3,150만 원이라는 것을요. 왜 그랬냐는 남편의 다그침에 저는 울부짖었습니다.

"몰라. 나도 몰라 너무 외로워서 그랬어. 나는 여기가(마음이) 많이 아픈 사람이야. 그런데 당신은 나를 돌봐준 적이 한 번도 없어. 내가 왜! 누구 때문에! 가슴에 대못이 박혀 들었는데! 한 번만이라도 감싸 안아주지 그랬어! 늘 정신병자 취급하면서 방치했잖아! 눈길 한번 말 한마디 따뜻하게 안 건네줬잖아! 오직 돈 벌어오는 기계로만 봤잖아! 이 사람은 내 얘길 들어줬다고… 매일 내 하루를 물어봐 주고 밝은 언어로 다독여줬다고……. 그래서 그랬다고…… 어흑흑."

누가 그럽니다.

"너 돈 있었네?"

아뇨. 저 돈 같은 거 없어요. 버는 족족 남편 주고 나머지는 제 생활비 했거든요. 빚내서 사기꾼한테 돈 갖다 바쳤어요. 그것도 급히 빚내느라 사채 빚요.

누가 그럽니다.

"너 그걸로 자기 정당화할 순 없어."

네. 잘 알고 있어요. 외롭다고 해서 자기 정당화시킬 순 없겠죠. 그러나 다시 돌아가도 저는 아마 똑같은 선택을 할 겁니다. 그만큼 저에게는 누군가의 따뜻한 말 한 마디가, 그 단 한마디가 10년 넘게 한 사람만 그리며 살아온 저에겐 절실했으니까요.

어쨌든 이 일로 저는 한순간에 개념 없고 더러운 년 취급받으며 집에서 제가 분양받아 기르던 개랑 함께 쫓겨났습니다.

잘못한 건 맞지만 이게 개념 없고 더럽기까지 할 일인지, 집에서 쫓겨나야 할 일인지 도무지 모르겠지만 어디 한번 잘 살아보라죠.

진짜 어디 좋은 사람 있음 사랑이라도 해볼까 싶습니다. 그놈이 그놈일까요? 에휴…….

“

아직은 인생에 있어 미완성인
지금의 내 모습도
예뻐하고 사랑하기로 했다.

”

4장

-

그 깊은 터널 속에서

들어가기에 앞서

정신과 치료 11년째. 정신과 치료를 시작하며 일상부터 시작하여 내 모든 것이 변했다. 글을 쓰게 되었고, 글을 쓰는 행위는 나를 작가 활동을 할 수 있도록 만들어줬으며, 약물치료로 엄마이나 엄마가 될 수 없는 몸과 뚱뚱한 몸매로 자존감을 바닥으로 떨어뜨린 일상을 체험하게 하기도 했다. 11년간 매일 먹어 온 많은 약은 나를 약에 의존하게 만들었고, 약이 없으면 오히려 불안하여 신경증을 일으키게 했다.

병원치료를 받으며 약을 먹니 안 먹니로 많은 씨름을 하게 될 것이다. 그러나 요즘엔 비약물 치료법도 많은 만큼 치료법도 그사이 많이 발달하였고 선택의 폭도 넓어졌다. 자신에게 맞는 치료법을 잘 찾고 병원과 의사를 고르면 좋은 치료의 결과가 나오지 않을까 싶다. 그러니 걱정 말고 정신과 치료가 필요하면 문 두드려 내원하기를 권해 본다.

2012년
정신과 치료의 시작

두 살배기 태환이를 업고 제주도에 스님 따라 공부를 하겠다며 들어갔다 도망쳐 나온 후, 내가 자립하길 원했던 엄마의 뜻에 따라 화장품 방문판매를 시작했다. 이전부터 힘든 현실 앞에 나는 우울함을 계속 호소했고 이를 지켜보던 아가씨(남편 여동생)가 하루는 전화가 와서는 나에게 정신과에 내원해볼 것을 권했다.

정신치료기관에는 건강보험심사평가원에서 심사 평가 후 부여하는 등급이 있다. 5개 등급 중 숫자가 작을수록 시설도 좋고 정신과 치료를 잘한다고 보면 되는데, 해당 기관이 몇 등급에 속하는지는 심평원 사이트에서 조회할 수 있다. 안타깝게도 경남지역은 등급이 우수한 정신의료기관이 거의 없다. 내가 거주한 진주 지역은 대학병원이 그나마 등급이 좋다. 처음엔 이런 것을 몰라 집에서 제일 가까운 병원급 정신과를 찾았다.

접수하고 간호사와 몇 마디 질의응답을 나눈 후 간호사가 주는 설문 검사지에 천천히 볼펜으로 표시해 나갔다. 그리고는 의사를 만났다. 그동안 있었던 일을 얘기하려는데 나오는 눈물에 그만 말문이 막혀버렸다. 잠시 진정한 뒤 얘기하고 울다 얘기하고를 몇 번이나 반복했더니 약 처방과 주사 처방이 나왔다. 링거를 맞으니 사람이 차분해지는 느낌이 들면서 그동안 못 잤던 잠도 잘 왔다.

집에 와서 원내 처방받은 약을 검색해 보았다. 우울증, 수면장애, 불안장애, 알코올 의존, 공황장애에 대한 약이 처방되어 있었다. 그리고 급할 때 먹으라고 준 신경안정제와 신경 발작을 가라앉히는 약이 더 있었다. 그와 더불어 힘들면 언제든 와서 링거를 맞고 가라고 하셨다. 그만큼 중등도 이상의 우울증을 보이는 상태라고 하셨다.

나는 밖에서 일하면서 고객 앞에서 웃으려 있는 힘을 다했다. 그리고 실제로 일을 할 땐 활력이 돌았으나 집으로 돌아갈 때면 병든 병아리처럼 비실거렸다. 제일 겁났던 건 예고 없이 갑자기 숨이 턱 막히고 하늘이 핑그르르 돌면서 식은땀이 줄줄 흘러내릴 때였다. 그럴 땐 나도 모르게 '으억' 소리를 내며 그 자리에 주저앉았다. 119를 부르려다 차라리 계속 이러느니 죽기를 기다렸다.

수면제 용량을 늘려도 잠이 들지가 않자, 나는 수면제를 먹지 않았다. 5일을 1분도 잠을 자지 않으니 빨간불에 길을 건너는 일이 벌어졌다. 차들은 나를 향해 무수한 경적을 울려댔는데 그 소리조차 종이에 방울방울 떨어져 번진 내 눈물 자국처럼 울려 퍼져 희미하게 들려왔다.

남편은 본전 생각에 계속해서 토토에서 손을 떼지 못했고 급기야 내가 잠이 든 틈에 몰래 수금 통장에까지 손을 댔다. 안 그래도 구질구질한 현실에 시궁창 같은 삶을 겨우 버티며 살고 있는데 하루를 겨우 살아내고 눈을 감았다 뜨면 또 살아내야 할 새로운 내일이 나를 기다리고 있다는 게 너무나도 끔찍했다. 그래서 여러 차례 자살 시도를 했다.

지금은 죽음이라는 것이 두렵다. 그러나 그때는 사는 것이 너무나 두려워 죽는 것이 무섭지도 않았다. 삐빅삐빅 소리가 들려 천천히 눈을 떴는데 산소 호흡기가 보인다. 그리고 드라마에서 본 것처럼 온 가족이 둘러 모여 나를 내려다보고 있다. 그러면서 처음으로 든 생각이 '아. 실패했구나! 제발 날 좀 죽게 내버려 두지 대체 왜 살려놨어!'였다. 원망의 눈물이 흘렀다.

대학병원 응급실에서는 이런저런 검사를 진행하더니 당장 정신과 입원 치료를 권했으나 거부했다. 원래 다니던 병원에서 입원 치료를 받겠다 하고 나왔다. 그러나 그것은 잘못된 선택이었다. 내가 다니던 병원은 병원급 정신과였지만 심평원 등급은 좋지 않았다. 그러니 시설이나 치료가 좋고 잘 될 리가 없었다.

쇠창살로 만들어진 문과 두꺼운 철창문이 이중으로 굳게 철컹! 닫히면서 나는 병동 속으로 분리됐다. 그곳은 냉랭하고 음습한 공기가 가득했다. 병동 보호사의 눈빛은 온기라고는 찾아볼 수가 없었다. 보호사는 그곳에 있는 사람을 사람으로 보지 않는 냉정하고 차가운 눈빛이었다. 그럴만했다. 머리를 풀어헤치고 고개를 아래로 푹 숙이고 있는 여자부터 초점 없는 눈동자로 나를 쭉 응시하는 남자까지 하나같이 제정신이 아닌 듯했다. 나는 아플 뿐이었지 아무리 내가 미쳐도 이들과 한 무리에 섞여 있을 만큼 미쳐 있어 보이진 않았다.

식은땀이 온몸을 타고 흘러내렸다. 굳게 닫힌 문을 두드리며 엄마를 불렀다.

"엄마! 엄마! 갔어? 나 두고 갔어? 집에 갔어?"

보호사는 빠른 걸음으로 다가와 나를 붙들어 잡아 행동을 저지했다. 때마침 닫히는 문틈으로 병동 안을 살짝 본 엄마도 열악한 시설에 발걸음이 안 떨어지던 찰나 철문 너머에서 내 목소리가 들려오더랬다.

"엄마 나 안 미쳤어! 이렇게 안 미쳤어! 나 여기 못 있어! 여기서 데리고 나가 제발!"

소리치며 서럽게 울어댔다. 그때 엄마의 요구로 철문이 열렸고 나는 말 그대로 무서운 정신병원에서 벗어날 수 있었다.

이것은 어디까지나 시설 나쁜 일부 치료기관에 관한 이야기며, 몇 년 전 이 병원은 폐업하였다. 입원을 고민하고 있다면 망설이지 말고 입원하라고 말하고 싶다. 이후 대학병원에서의 두 차례 입원 생활은 하루하루 재미있었다. 정신과 치료를 함에 있어 입원은 나에게 큰 도움이 되었다. 외부와 차단된 환경 속에서 나만의 시간을 가질 수도 있었고, 외래에서 행해지는 짧은 상담 시간에 비해 긴 상담과 함께, 이제껏 진료받아왔던 모든 내용을 주치의나 담당의와 함께 하나씩 되짚으며 깊이 있는 대화를 나눌 기회가 되기 때문이다.

이러다
약장수 되는 거 아니야?

안타깝게도 정신과에서는 처방하는 약이나 환자의 병명에 대해서 친절히 설명해주는 병원이나 의사가 그렇게 흔하지는 않다. 생존 경쟁 사회에서 우후죽순 정신과가 많이 생겨난 지금은 또 어떨지 모르겠지만 적어도 내가 처음 병원에 다녔던 10년 전에는 그랬다. 그렇기에 보통 정신과 약을 먹는 환자들은 의사가 본인에게 먹이는 약이 무슨 약인지 궁금해하는 경향이 있다. 그냥 정신과에 대한 보편적인 두려움이 있듯이 약에 대해서도 가져지는 막연한 두려움이랄까.

"이거 도대체 무슨 약이야? 이거 나한테 왜 먹이는 거야? 혹시 먹고 더 이상해지는 거 아니야?"

이런 마음. 나도 그랬다. 처음에 집 근처 병원급 정신과를 다닐 때도, 병원을 옮겨 개인 의원을 다닐 때도 의원 내 조제실에서 약을 지어 주었다. 그때는 따로 처방전을 내어주지 않았기에 약을 지어오면 알약 생김새를 보고 약학 정보원 인터넷 사이트에서 식별 정보로 구분 검색하여 약의 정보를 찾았다. 그리고는 내가 치료받고 있는 것에 대한 것들도 유추해나갔다. '음. 나는 지금 우울증, 공황장애, 불안장애, 불면증, 알코올 의존증이구나!'라는 걸.

정신이 아프기 시작하니 몸도 아프다. 그냥 아팠다. 턱관절도 아프고, 위도 아프고, 목도 아프고, 어깨도, 허리도, 관절과 근육, 삭신이 다 쑤시고 아팠다. 치과, 신경외과, 내과, 정형외과, 정신과를 돌아다녔다. 한 달 꼬박 일해서 번 돈보다 병원비 지출이 더 많았다. 스트레스만 심하게 받으면 몸이 아파졌는데 병원에 가면 딱히 병명은 없었다. 병원 투어를 끝내고 타 온 약만 놓고 보니 식후 먹을 알약 개수가 28알이었다. 이걸 다 먹었다간 골로 가겠다 싶었지만 아파 죽나 약으로 배 터져 죽나 두고 보자는 심산으로 꾸역꾸역 삼켰다.

며칠을 그렇게 먹다 처방전을 다 꺼내 살펴보았다. 미련하게 이 병원 저 병원 다니며 근이완제와 진통제, 위산 억제제 종류들만 처방받아오고 있었다. 약학 정보원과 네이버를 통해 좀 더 상세한 약 검색을 시작했다. 충돌되는 약은 다 빼고 정신과 약과 함께 나에게 필요한 약만 선택적으로 골라서 먹을 수 있도록 약통에 내가 다시 조제하여 포장해두었다. 그리고 약상자에 약을 정리해 줄지어 세워두었다. 약통에서 약을 쏙쏙 골라 뽑아 먹을 때면 이러다 약장수가 될 것 같은 기분이었다.

네이버 질문에 답을 하다 보면 정신과 진료를 받고 싶은데 불이익이 남을까 봐 진료받기를 주저하는 사람이 아주 많다. 우선 앞글에서 말했듯 정신과는 심평원에서 부여하는 등급이 있다는 것! 그러나 등록되지 않은 기관도 많으니 나랑 잘 맞는 병원과 의사를 찾는 게 치료의 첫걸음이 될 거다. 다음 방법은 보통 정신질환 장애 관련 병명 코드는 F 코드인데 병원에서 Z 코드로써 단순 상담만 우선 받아보는 것이다. 그다음 치료 여부를 결정하는 것도 하나의 방법이고, 또 하나는 비급여로 진료를 받는 방법이다. 이는 보통 다이어트약을 타 먹을 때 여자들이 많이 쓰는 법인데 공단에 기록이 남지 않는다는 장점이 있지만 금액적 부담이 있을 수 있다는 단점이 있다. 그런데도 부담스럽다면 무료 상담센터를 이용해 보는 것도 방법이다.

◇ 청소년상담복지센터 1388
◇ 건강가정지원센터 1577-9337
◇ 치매안심콜센터 1899-9988
◇ 정신건강상담 1577-0199
◇ 도박상담헬프라인 1336
◇ 여성긴급전화 1366
◇ 희망의 전화 129

수면제 부작용으로 뚱뚱보가 되다

오빠들 말에 의하면 나는 대학생 때는 날씬했다. OT를 가거나 MT를 가서 커플 게임을 하면 나는 남자들에게 안겨 있기 바빴다. 그러다 살이 찐 건 결혼 후 임신을 하면서였다. 2011년 3월 출산 당시 키 160cm에 몸무게 74kg이었다. 무통분만을 신청했지만 늦게 온 간호사 덕분에 생으로 출산의 고통을 고스란히 다 느끼며 태환이를 낳았기에 살이 좀 빠졌을 줄 알았는데 출산 후 딱! 태환이 몸무게 3kg 날아간 71kg이 내 몸무게였다.

충격에 휩싸인 나는 미역국 건더기만 먹으며 하루에 두 시간씩 운동했다. 거기에 맘고생 다이어트로 출산 후에 한 달 반 만에 48kg까지 순식간에 빠졌다. 역시나 맘고생 다이어트는 요요가 없다. 태환이가 5세 반 어린이집을 다닐 때까지도 나는 날씬한 몸매를 유지하고 있었다. 그 덕에 이놈 저놈 연락도 많이 받아서 아직 인기가 죽지 않고 살아있음을 확인하기도 했다.

내가 뚱보가 되기 시작한 건 졸피뎀을 복용하고 나서부터였다. 졸피뎀의 흔한 부작용으로는 약물 의존성에 의한 복용량 증가, 수면장애 악화, 몽유병, 수면 중 섭식장애 등의 문제 발생

등이 있다. 수면제야 2012년부터 스틸녹스를 시작으로 먹어왔지만 53kg만 넘어가면 내가 혹독하게 관리를 했었다. 그런데 2015년에 접어들면서부터 관리가 해이해지면서 먹어도 잘 안 찌던 살이 자고 일어나면 팍팍 찌기 시작했다. 또 그맘때쯤 수면제도 졸피뎀으로 바꿔서 복용하기 시작했다.

약물 의존성에 의한 복용량 증가도 문제였지만 그보다 섭식장애가 더 문제였다. 어렴풋이 기억나는 건 약을 먹고 나면 허기가 진다는 정도였다. 기억은 없는데 자고 일어나면 무언가 가스레인지에 불을 쓴 흔적이라든지, 냉장고에 음식을 꺼내어 먹은 흔적 또는 심할 땐 먹다가 잠이 들었는지 음식물을 입에 문 채 일어나기도 했다.

자다가 아침에 눈을 떴을 때 턱이 아프다. 입에 물린 김밥 꽁지가 나에게 인사를 건넨다. 나머지 김밥 친구들도 베개 근처에 어지럽게 널브러져 어젯밤에 있었던 나의 약 주정을 낱낱이 고하고 있다. 아침부터 사람 부끄럽게 김밥들이 아침 인사를 건넬 때면 이불킥으로 아침을 시작했다.

그렇게 나도 모르게 먹고 자고 먹고 자고를 반복한 결과 85kg까지 살이 쪘다. 한 치의 오차도 없는 뚱뚱보가 된 것이다. 그 뒤로 나는 여자들의 평생 숙명인 다이어트를 하며 요요와 다이어트를 반복하다 이제야 통통 반열에 들어섰다.

그래 봤자 뚱땡이의 몸을 여전히 유지하며 지극히 평범한 아줌마의 몸매를 소유하고 있다. 정말 오랜만에 만나는 사람들은 나를 못 알아봐서 스쳐 지나가거나 "왜 이렇게 살이 쪘어?"라고 동그랗게 뜬 눈으로 깜짝 놀라 묻는다. 나도 나에게 묻고 싶다.

"그러게요. 왜 그렇게 쥐도 새도 모르게 처먹어서 살을 이렇게나 찌웠을까요?"

내가 제일 마르고 싶은 사람이에요! 그만 놀라세요! 그리고 제발 한 박자 늦게 알아보지 마세요! 그냥 지나친 걸음 지나쳐 가시라고요! 저는 그냥 지나쳤잖아요. 사람 민망하고 무안하단 말이에요.

하루는 태환이가 7세 때 어린이집 숙제로 '우리 엄마는 ○○○이다' 빈칸 채우기가 있었는데 여기에 '우리 엄마는 160cm 65kg이다'라고 적어갔다. 푸하하하하 완전 맙소사!

선생님이 참 잘했어요 도장을 찍어서 보내준 걸 뒤늦게 발견하고 얼마나 부끄러웠는지 모른다. 그러나 지금은 65kg도 워너비 몸무게다. 20kg이 더 쪄서, 음… 뒷말은 생략하겠다.

2016년
보호 입원을 하다

정신과 입원에는 크게 자의 입원, 동의 입원, 보호 입원, 행정 입원, 응급 입원 등이 있다.

- 자의 입원: 본인이 원해서 입원하는 경우
- 동의 입원: 환자와 보호 의무자 1인의 동의로 입원하며 필요에 따라 72시간 퇴원 유예 가능
- 보호 입원: 환자가 입원을 거부하더라도 전문의의 진단과 보호 의무자 2인의 동의로 입원
- 행정 입원: 대통령령이 정하는 바에 따라 지자체장이 보호자가 되어 진단과 보호 신청
- 응급 입원: 기타 응급상황에서 호송한 경찰관이나 구급대원이 입원에 동의하여 72시간까지 입원

◇ 경상대학병원 72병동(진료과목: 정신건강의학과)
◇ 담당의: 이○○ 교수 / 주치의: 유○○ 전공의
◇ 입원기간: 2016.08.17~2016.08.31

am 06:30 기상 및 체조
07:30 아침 식사
09:00 아침 투약
09:30 차(茶) 모임
10:00 바이탈(혈압, 맥박, 체온) 측정
11:00 산책
pm 12:00 점심 식사
01:00 바이탈 측정
02:00 점심 투약
02:30 간식
04:30 활동(문예, 미술, 음악, 놀이)
05:00 바이탈 측정
06:00 저녁 식사
07:00 차(茶) 모임
08:00 저녁 투약(10:00 밤 투약)
11:00 전체 소등

2016년도는 백화점에서 근무하고 있을 때였다. 13개월부터 어린이집에 보낸 태환이는 어린이집에서 크다시피 했다. 항상 제일 첫차로 등원해서 마지막 차로 하원했고 6, 7세 때는 아예 야간반까지 다녀서 나랑 있을 틈이 없었다. 백화점에 있다 보면 태환이 또래 아이들이 엄마랑 쇼핑하러 다니는 게 눈에 띄는데 그럴 때마다 눈에 눈물이 그렁그렁 맺혔다. 한번은 어린이집에서 아이가 열이 떨어지지 않아 병원에 데려가야겠다고 연락이 왔는데 매니저는 매일같이 매장을 비웠고 남편은 남편대로 일을 못 뺀다고 하니 나 혼자 발을 동동 구르며 매장을 지키다 고객 앞에서 눈물을 쏟아 혼난 적도 있다.

시도 때도 없이 자리를 비우는 매니저 때문에 매니저 역할까지 내가 떠안으면서 업무 스트레스까지 더해지자 사람이 한계점에 도달하기 시작했다. 육아도 육아였지만, 시간이 흘러도 해결되지 않는 경제적인 문제로 스트레스를 받으니 부스터 효과를 발하는지 내 마음의 지병은 좀처럼 나아질 기미를 보이질 않았다. 다시 주저앉아 또 삶을 포기할 것 같은 생각이 들었다. 그래서 생명의 전화 핫라인 센터에 전화를 걸었다. 차분한 목소리로 내 이야기를 듣던 상담사는 나에게 우울증 고위험군에 속하는 것 같다며 대학병원에 바로 내원할 것을 권했다.

날이 밝고 이전 다니던 개인병원의 진료의뢰서 등 필요 서류를 챙겨 진주 경상대학병원으로 향했다. 교수님과 상담이 이뤄지는데 그간 자살 시도 등 여러 번의 응급상황과 면담 기록 등 나의 숱한 행적들이 의료기록으로 남아 있어서 그런지 교수님은 '요놈, 네 발로 잘 걸어 들어왔다!' 이런 눈빛으로 입원을 또다시 권하셨다.

내가 예전에 안 좋은 폐쇄 병동 시설에 갇힐 뻔한 기억 때문에 머뭇거리자 병원 측에서 1차로 보호자인 남편에게 연락을 취했다. 그리고는 남편에게 보호자 1인을 더 오게 하여 남편이 엄마를 불렀다. 엄마는 또 큰일이 난 줄 알고 울산에서 부랴부랴 일하다가 뛰어 내려왔더랬다.

엄마 얼굴은 보지 못했다. 남편은 저녁 먹을 때 잠시 입원 물품을 전달해주면서 스치듯 본 게 다다. 그냥 내 발로 병원에 찾아갔을 뿐인데 정신 차리고 보니 핸드폰을 뺏긴 뒤 입원에 대한 설명을 듣고 간호사 따라 폐쇄 병동으로 잡혀 들어가고 있었다. 남편과 엄마가 나를 72병동 속으로 집어넣었나 보다.

남편이 간식비로 3만 원을 넣어주고 갔다고 했다. 속으로 '미친놈 의리가 넘치네! 이제 생리할 땐데 생리대 사고 나면 과자값 할 것도 없게 쪼잔하게 딱 자기만큼 넣어주고 갔네.' 싶었다. 여긴 예전에 처음 시설이 좋지 않았던 병원처럼 철창과 쇠창살 문이 아니어서 무섭지가 않았다. 바코드로 열리는 강화유리 스크린도어와 흔한 병원 안전 철문이어서 친근감마저 들었다. 그래도 보호사 주머니 속에 든 묵직한 열쇠 뭉치는 어쩔 수 없이 이곳이 격리된 장소임을 인지시키기에 충분했다.

간호사나 보호사는 매일 하는 일이 문을 여닫는 거라 그런지 그 많은 열쇠 중에서 어쩜 그리도 제 열쇠를 쏙쏙 잘 찾아내서 문을 척척 여는지 신기할 따름이었다. 나도 해보고 싶은데 환자에게 열쇠 꾸러미를 줄 리가 없지. 나는 폐쇄 병동에 있으면서 본분을 망각할 때가 많았다. 나 혼자 보호사도 되었다가 간호사도 되었다가 또 우수 수감자도 되었다. 이 모든 건 병동을 탈출을 위한 나 나름의 전략이었다. 원래 사람이 노는 것도 지겹다고, 병동 생활은 재밌었는데 일주일 이상 있으니 지루했다.

자기에게 신기가 있다며 퇴마를 해주던 언니, 중등도 우울증이면서 갑자기 한 번씩 음소거로 폭소하던 아줌마, 긴 머리를 풀어헤치고 신발을 벗어 던지고 걸어 다니던 여고생, 죽으려 절벽에서 뛰어내린 탓에 허리와 다리에 장애를 입은 여대생, 세련된 음대 여교수와 센치한 훈남 예고 남학생, 피부가 뽀얀 여자아이와 그 옆을 걷던 조현병 남자아이, 너무 똑똑한데 머리를 다쳐 미쳐버린 오빠와 경찰 조사를 피해 잠시 들어온 깡패 형님. 그 외 환자까지 총 17명이 함께 병동 생활을 하였다.

특히 너무 똑똑해서 미쳐버린 공 씨 오빠는 밥 먹은 걸 금세 잊고 다른 환자들 간식을 마구 꺼내어 훔쳐먹어서 간식 주인에게 자주 혼이 났다. 생긴 것도 곰처럼 곰실곰실하게 크고 둥글었는데 내가 이 오빠를 하도 자주 놀려 먹어서 오빠랑 티키타카 나누고 있으면 보호사가 다가와 내가 오빠를 또 뭐라고 놀려대는지 쳐다보았다. 그러면 오빠 주위에 맴돌며 떠들고 섰다가 급히 운동하는 척하며 복도를 열심히 돌아다니기도 했다.

"오빠야 내 오늘 이쁘나?"

"어. 아니."

"어. 아니? 왜? 못생깄나?"

"아니 아니. 니 귀엽다."

"오빠야 그라모 내 뚱뚱하나?"

"으~~ 살 좀 빼라."

"오빠야 니 오늘 정신 나갔네? 내 몸무게 45kg다! 어딜 봐서 뚱쪄보이네? 빨리 가서 약 주라 해라!"

"아차차! 니 날씬하다. 니 날씬한데?"
"글체? 으따 가서 퇴원 시키주라 해라!"
(간호사에게 다가가)"저! 저 집에 가도 되는데요!"

6년이 흐른 지금도 병동 식구들 한명 한명 얼굴이 눈에 선하게 그려진다.

노트 한 권 연필 한 자루 마음대로 못 가지고 들어가는 곳이었지만, 그곳에서 썼던 일기가 지금 나에게는 큰 자산이다. 다만 아쉬운 게 있다면, 연락처나 장호성 보호사님이 나에게 멘토링 해줬던 내용은 간호사가 검열하여 다 지우거나 찢어서 없다는 거. 장호성 보호사님이 잘 계신지 안부가 제일 궁금한데 연락을 취할 방법이 없다.

나에게 참 잘해주셨는데. 쌤님 보고 싶다.

어쨌든, 모범수 생활 덕분에 주치의 만류에도 내 의사가 많이 반영되어 2주일 만에 탈출했다! 아마 평생 칠 탁구는 폐쇄 병동 안에서 다 치고 나온 듯하다. 왜 정신과 폐쇄 병동에는 탁구대가 있을까?

그래서 우울증이야? 조울증이야?

우울증과 조울증은 엄연히 다르다. 그러므로 그에 따른 치료법 또한 다르다. 우울증은 항우울과 항불안에 대한 약물치료가 베이스라면 조울증은 기분 조절제가 기본 치료 베이스다. 그러나 문제는 조울증 중에서도 나와 같은 2형 양극성 장애의 경우 경한 조증과 심한 우울감을 나타내는 경우가 많으므로 우울증으로 오진될 가망성이 많다는 것이다.

나 역시 대학병원에 보호 입원을 하기 전까지 이전 병원을 포함해 다른 병원에서 4년 동안 우울증에 대한 치료를 줄곧 받아왔었다. 그래서 처음에 대학병원에서 나에게 조울증이란 진단을 내렸을 때 "너네 뭔 소리야?" 했었다. 우울증보다 무섭다는 그 미친 조울증이란 병명을 대뜸 마주했을 때 기분은 오묘한 것이 마치 풀어헤쳐 나풀대는 사자머리에 누가 봐도 화장기 없는 생얼과 환자복, 그 와중에 병동 환자들 사이에서 기죽지 않겠다고 형광 삼선 슬리퍼를 삑삑 끌고 다니는 내 꼬락서니와도 같았다.

"선생님! 제가 왜 조울증이에요? 저 우울증인데요!"

"보혜 님 일하실 때 열정적으로 일하셨죠? 또 화나실 땐 그 기분 주체도 못 하시고요. 기분 좋으실 땐 뭐든 잘하신다고 하셨죠? 그런데 놓고 싶을 땐 모든 게 싫다고 하시고요…. (중략) 자, 그래프를 보시면 아시겠지만, 이렇게 기분 양상을 보이는 걸 조울증 중에서도 2형 양극성 장애라고 합니다."

내가 우울증이 아닌 조울증이라 받아들이는 건 그다지 어렵지 않았다. 내가 어려운 건 밖에 나가서 조울증임을 밝히는 일이었다. 이건 여전히 어려운 숙제다. 웬만큼 가까운 사이가 아니고서는 정신과 치료에 대해 밝힐 일이 있으면 "제가 지금 우울증 치료를 받아서요"라고 얘기하게 된다. 나 역시도 조울증이 우울증보다 무겁게 느껴지는 와중에 조울증이라 몇 번 밝혔더니 타인 역시 반응이 어려웠다. 조울증을 모르거나 '아….' 이런 반응! 그래서 더 조울증이라 밝히기가 어렵게 느껴진다.

우울증으로 치료를 4년 받고 이후 조울증으로 치료를 받아온 지도 5년이다. 이제 나에게 맞는 약을 찾아 제대로 된 치료를 받기 시작해서 그런지 아니면 시간의 흐름 속에 나도 강단이 생겨서 그런지 많이 좋아졌다. 그 사이 공황장애와 알코올 의존도 없어졌다. 그래도 혹시 몰라 약은 비상약으로 항상 들고 있다. 잠이야 아직 젊으니 안 자도 되고 조울증약도 내 생각엔 곧 끊을 수 있지 않을까? 왜냐하면, 저녁 약은 6알이라 괜찮은데 아침 약은 알약이 8알이라 약장수 기질이 발동되면서 내 맘대로 약을 골라 먹었다.

"교수님! 저 이 약, 이 약 빼고 먹었어요!"

"왜 그러셨어요?"

“제가 약 검색해봤는데, 아니 그전에 약이 못생겼어요.”

“보혜 님! 제일 메인이 되는 약만 쏙쏙 빼고 드셨네요!”

“어머! 제가 실수한 거네요?”

“그럼 예쁜 약으로 바꿔드릴게요. 약 꼬박꼬박 잘 챙겨 드셔야 해요!”

약은 약장수가 아닌 약사에게 문의해야지 괜히 공부해서 국가시험을 치르는 게 아니었다.

약은 뚱뚱한 흰 정제가 좀 날씬해진 파랑 캡슐이 되었을 뿐이다. 약도 날씬해지고 컬러 옷을 입으면 예뻐지나? 그래 봤자지 까짓것 내 눈에 약은 약일 뿐.

조울증은 크게 4가지로 구분된다.

① 1형 양극성 장애

심한 조증과 심한 우울 상태가 번갈아 나타남

② 2형 양극성 장애

경조증과 심한 우울 상태가 번갈아 나타나 우울증으로 잘못 진단되는 경우가 많음

③ 순환 기분장애

경조증한 경한 우울감이 순환하는 형태로 평소에 감정 기복이 큰 사람이라 오해받기 쉬움

④ 기타 양극성 장애

조증과 정상 기분만 반복되는 단극성 조증과 이에 반대되는 단극성 우울장애가 있음

우울증은 크게 5가지로 구분된다.

① 주요 우울증

② 신경증적 우울(기분부전 장애)

③ 멜랑콜리아

④ 가면성 우울

⑤ 산후우울증

우울증은 모든 정신장애 중에 가장 흔한 질병 중 하나로 기분장애로 분류된다. 기분장애란 어떤 정서 상태가 비교적 오랫동안 지속하는 것으로 슬픔이나 무력감, 좌절, 자기혐오, 흥미 상실 등과 같은 정서적 측면의 결함뿐만 아니라 자기 자신에 대한 부정적 평가와 낮은 자아존중감, 무능력감 등과 같은 인지적 측면, 그리고 식욕부진이나 불면증, 정신적 흥분, 피로감, 위장장애, 체중감소 등을 동반하는 신체적 증상까지를 모두 포함한다.

우울증은 흔한 심리적 문제이며 때로는 시간과 상황이 변함에 따라 자발적으로 회복되는 일도 있다. 그러나 우울증은 때때로 의욕 상실과 사회적 위축 등으로 인해 인생의 중요한 시기에 업무수행이나 대인관계를 소홀하게 함으로써 평생 부정적인 영향을 미칠 수 있을 뿐만 아니라 심한 경우 자살과 같은 치명적인 결과를 낳을 수도 있다는 점에서 유의해야 할 정신질환이다.

치료의 끝은 언제일까?

"정신과 치료라는 게 좀 그래요. 진단서를 떼와도 우리 학원은 좀 힘들겠네요. 정신병은 낫는다는 보장이 없잖아요? 안 그래요? 그걸 증명하기도 어렵잖아요."

나에게는 병원코디네이터 자격증이 있다. 그러나 요즘 돈 5만 원이면 오픈북으로 누구나 쉽게 취득하는 민간 자격증이다 보니 간호조무사 자격증 없이는 병원에서 일하기가 어려운 게 현실이다. 더군다나 미용 분야에 투자를 많이 하는 병원이 많은 지금, 같은 값이면 젊고 예쁘고 날씬한 직원을 선호하다 보니 서른네 살의 통통한 나는 나이도 몸매도 어중간해서 면접을 보면 뒷순위로 밀려나기 바빴다. 그래서 차라리 간호조무사 자격증을 취득하고자 관련 학원에 전화했더니 돌아오는 답변이 저것이었다.

-정신보건법-

제69조(권익보호)

1. 누구든지 정신질환자이거나 정신질환자였다는 이유로 그

사람에 대하여 교육, 고용, 시설 이용의 기회를 제한 또는 박탈하거나 그 밖의 불공평한 대우를 하여서는 아니 된다.

-의료법-

제8조(결격사유 등) 다음 각호의 어느 하나에 해당하는 자는 의료인이 될 수 없다.

1. 「정신건강증진 및 정신질환자 복지서비스 지원에 관한 법률」 제3조 제1호에 따른 정신질환자. 다만, 전문의가 의료인으로서 적합하다고 인정하는 사람은 그러하지 아니하다.

위 두 가지 법만 보아도 의사 소견상 업무에 무리가 없다고 판단되는 소견서 그리고 정신건강증진 및 정신질환자 복지서비스 지원에 관한 법률 제3조 제1호에 따른 정신질환자 제2조 제1호에 따른 마약·대마·향정신성의약품 중독자가 아님을 증명하는 의사 진단서만 지참한다면 간호조무사를 취득하는 데 별 무리가 없었어야 했다. 그런데 나는 간호 학원 등록 문턱에서 정신질환자라는 이유로 기회를 박탈당했다. 그래서 선택한 게 피부미용이다. 사람은 태어나 기술 하나쯤은 있어야 한다며 엄마가 권유한 것이었지만, 이 또한 자격증 따는 그것까진 문제가 없으나 면허증을 소지하려면 소견서와 진단서가 필요하다.

그러면서 생각했다. '이 지지부진한 정신과 치료는 대체 얼마나 더 해야 끝이 날까?' 이건 답이 없는 듯하다. 담당 교수님도, 네이버 전문지식과 절대신도 내가 원하는 답변은 내놓지 못했다. 그저 현재에 맞춰 약을 잘 챙겨 먹으란 말만 반복할 뿐이다.

예전에는 내 맘대로 약을 끊었었다. 그랬더니 미치고 팔딱 뛰는 경우가 생겨서 이젠 내 맘대로 약을 끊지는 않는다. 일반적인 조울증의 경우 평생 8번 정도 재발한다고 한다. 그만큼 완치가 어려워 치료를 잘 받아야 하지만 나와 같은 2형 양극성 장애에 속하는 조울증은 경조증과 심한 우울감을 반복하면서 만성 우울증으로 변질할 가능성이 크기에 또한 치료를 잘 받아야 한다.

엄마는 약이 사람을 더 망가지게 한다며 약을 먹지 말라고 한다. 내가 약을 골라서 먹거나 띄엄띄엄 먹는 걸 좋아하신다. 어떻게든 약이 내 몸에 덜 들어가는 게 보고 싶으신 모양인가 보다. 남편 역시 그렇다. 아직도 약을 먹어야 하냐며 모든 건 나의 정신력 문제라며 타박 아닌 타박을 준다. 그럴 땐 확 그냥! 살아 있다고 오물거리는 저 주둥이를 돌려 까버리고 싶다.

나도 이제는 어느 정도 괜찮아진 듯해 아침에 7~9알, 저녁에 6알 그 외에 비상약까지 이 약을 먹어야 하는 건지 말아야 하는 건지 고민이 될 때도 적잖이 있다. 그러나 아직은 약을 먹기로 했다. 다만 예전에는 약에 의지를 많이 했었다. 걸핏하면 약을 찾았었는데 이제는 교수님과 상의해가며 점차 약의 용량을 줄여나가고 있다. 아직은 약을 아예 안 먹을 수는 없는 상태라는 걸 알기에 조금씩 띄엄띄엄 먹어 보면서 용량도 줄여나가고 모든 건 교수님과 함께 상의한다.

언제까지 약에 내 몸과 마음을 의지할 수도 없고, 마음의 병은 내 생각과 내 마음에 따라 얼마든지 나아질 수 있다고 믿기에 2012년부터 시작된 나의 정신과 치료도 머지않아 마침표를 찍으리라 믿는다!

사람들에게 쉬쉬하라고?

건강보험심사평가원 조사에 따르면 정신 건강 질환으로 진료를 받는 환자 수는 지속해서 증가하고 있는데, 그 양상을 살펴보면 입원보다 외래에서, 병원급 이상의 기관보다 의원에서 증가 폭이 두드러지게 나타났다고 한다. 연령 별로는 20대가 가파른 증가 폭을 보였고, 질환별로는 우울증에 이어 불안장애와 불면증 환자가 큰 폭으로 증가했다고 한다. (2017년 기준) 진료 환자 수 177만 명, 입원 환자 수 9만4천 명, 외래 환자 수 172만9천 명에 달한다고 하니 아마도 숨은 환자까지 포함하면 그 수는 엄청날 것이다.

◇ 우울증/2018
백세희, 『죽고 싶지만 떡볶이는 먹고 싶어』, 흔
◇ 산후우울증/2018
전지현, 『정신과는 후기를 남기지 않는다』, 순두부
◇ 우울증/2019
김정원, 『오늘 아내에게 우울증이라고 말했다』, 시공사

◇ 조현병/2020
이관형, 『바울의 가시』, 옥탑방 프로덕션
◇ 조울증/2020
이주현, 『삐삐 언니는 조울의 사막을 건넜어』, 한겨레출판사

……등등 이젠 서점에서 자신의 정신질환에 대한 치료기를 엮은 책을 쉽게 만나볼 수 있다. 그래서인지 나처럼 정신과 치료를 받고 있거나 받은 적이 있는 사람들은 그 이력에 대해 스스럼없이 얘기하는 경우가 많아진 것 같다. 그러나 이런 부분에 있어 용기도 필요하거니와 신중을 기해야 하는 것도 분명한 일이다.

자칫 깊은 오해로 가족도 연을 끊고 살 수 있는 요즘에 모두가 나에게 호의적일 수는 없다. 나도 나를 완전히 모르는 판국에 내가 어떤 사람인지 잘 아는 사람마저도 나를 100% 이해할 수는 없다. 그런데 나 아닌 남에게 말로써, 글로써 눈에 보이지도 않는 마음의 아픔을 어디부터 어디까지 어떻게 표현해야 상대방이 나를 온전히 이해할 수 있느냐 이 말이지.

나 하나, 내 한 가족 살아나가기도 벅찬 세상에 구질구질한 남 얘기 듣기란 사실 쉬운 일은 아니다. 그래서인지 어떤 사람들은 나에게 우려의 목소리를 내기도 한다. '사람들이 뒤에서 네 얘길 할까 봐'라고. 그런데 보면 꼭 그런 사람들이 뒤에서 내 얘기하고 다니더라. "보혜가 신랑이랑 문제가 좀 있어서 어쩌고 저쩌고~~" 그래서 나는 결심했다. 진정성 있게! 가능한 한 크게! 유쾌하게! 상대방이 당황스러울 만큼 내 마음 병을 떠벌리

고 다니기로 했다. 뒷담화가 아닌 앞담화가 될 수 있도록. 걱정이라는 단어로 둔갑한 채 날리는 비수 끝에 남들이 흉볼 수 있으니 쉬쉬하라고?

남들이 흉볼 것이 걱정이었으면 애초에 입 밖으로 정신과 얘기를 꺼내지도 않았을 거다. 더군다나 흔한 우울증에 비해 조울을 넘나들어 설명하기 난해한 2형 양극성 장애는 귀찮아서라도 말을 꺼내지 않았을 거다. 그런데도 내가 정신과 치료를 받고 있음을 얘기하는 이유는 그만큼 숨은 환자들이 많아서다.

알게 모르게 트라우마로 폐소공포증과 같은 공포증이나 불면증, 우울증, 공황장애와 같은 증상을 호소하며 힘겨워하거나 알코올 의존증 수준의 알코올 의존을 보이는 경우가 많다. 그러면서 정신과 찾기는 부담스럽다며 나에게 신경안정제나 수면제, 알코올 억제제 등을 달라고 하는 경우도 가끔 있다. 그럴 때 나는 상담이나 정신과 외래를 권하며 약은 나눠 먹는 게 아니라고 거절한다.

진정성 있게 전달한다면 자신의 정신적 아픔을 타인에게 얘기하는 것이 나쁘건 아니라고 생각한다. 환자는 적지 않은 용기와 함께 내재하여 있는 불안과 수없이 싸워야만 입 밖으로 아픔을 내뱉을 수 있다.

나는 처음에 아무렇지 않게 얘기한다고 말했는데도 내 맘이 불안한지 개인적인 얘기만 꺼내면 목소리가 덜덜 떨리면서 양 목소리가 났다. 그나마도 이내 눈물이 차올라서 말을 끝맺지 못할 때가 허다했다. 더 이전에는 말할 의지조차 없었고. 그래서인지 우울감을 표현하는 이들을 만나면 진심으로 마음 열고 들어주고 싶다. 단, 진정성 있게 얘기했을 때. 가끔은 나이롱환자도 있더라.

나도 브런치에 수기를 올리기 시작하면서 내 얼굴빛이 매우 맑아졌다는 소리를 정말 많이 듣는다. 그리고 구독자님들과 많은 작가님의 진심 어린 응원, 긍정의 에너지를 듬뿍 받아서 그런지 최근 들어 처음으로 수면제 없이 잠이 들기도 했다!

나는 자주 브런치 수기를 올리거나 네이버 코리아매니아 카페나 지역 맘카페에서 나와 같은 환우들을 만나면서 힘을 얻는다. 눈팅을 하다가 나의 도움이 필요해 보이는 분이 있으면 도움을 주는 것. 거기서 만족을 느끼고 보람을 느낀다.

2020년
자의 입원을 하다

"푸하하하! 보똥! 오늘 약 묵었나?"

"와 그라노? 내 아까 묵었다!"

시답잖은 나의 말에 우스갯소리로 지인 언니가 하는 소리다. 나도 오늘 약을 먹었는지 안 먹었는지 감이 안 올 때가 있지만, 아마도 먹었을 거다. 눈뜨면 녹용을 시작으로 무슨 약이든 집어 먹는 게 습관화되어 있어서 빠지진 않았을 것이기 때문이다. 아침에 일어나 눈 뜨면 배고파서 주섬주섬 약부터 먹고 보는 건 절대 아니다! 그나저나 장난삼아 주고받는 말이지만 언제까지 이 알약들을 삼켜야 하나 싶은 생각에 왠지 모르게 이 말이 씁쓸할 때도 있다. 무기력함에 젖어 드는 나를 보면서 겉으로는 웃고 있지만, 나약하디 나약한 내면을 마주하게 되면 아직은 약이 있어야 하는 나임을 인지하게 될 때 참 무어라 말로 형용하기 복잡한 심경이 든다. 혼자 몸이면 괜찮겠지만 가정이 있다 보니 그렇고, 거기에 아이까지 있다 보니 아이 때문에 정신 차려라. 자꾸만 다그치는 남편이 미울 때가 한두 번이 아니다. 나도 내가 내 맘처럼 움직여지면 좋겠다. 그러나 아직은 그렇게 움직여지질 않는 걸 어째야 좋을지 모르겠다. 남편은 아프면 아프다, 몸이 안 좋으면 안 좋다고 말을 하라는데 이건 그냥 "아프다. 몸이 안 좋다"라고 얘기한다고 상대방이 이해할 수 있는 문제도 내 상태가 설명될 문제도 아니다. 그냥 사람이 진창에 빠지면 살려고 발버둥 쳐야 하는 게 맞는데 우울감에 빠질 땐 그나마도 귀찮은 상태가 된다. 그리고 남편의 듣는 태도는 남보다 못하다. 나를 이해하기 이전에 다그치기 급급하므로 굳이 약을 먹고 있음을 말하지도 않는다. 친절한 카톡이 보호자랍시고 남편에게 병원 예약 문자를 보내줘서 내가 아직도 병원에 다니고 있는 줄 알고 있을 뿐이다.

4년 전 보험 영업에 이어 학습지 교사를 하면서 물론 일은 재밌었지만, 재미 뒤에 깔리는 스트레스는 만만치 않았다. 우와우! 보험은 말할 것도 없고 학습지 역시 실적 실적 실적이었다. 내가 원하는 만큼의 소득을 올리기 위해선 실적을 올려야 했고 그러다 보니 올 초에 들어서자 스트레스가 극에 달했다. 줄였던 약 용량이 점점 늘어나기 시작했다. 상태가 심해지자 교수님은 입원 치료를 권했다. 이런 상황을 국장님께 얘기하고 수업을 빼달라고 얘기했으나 교사 부족을 이유로 6개월이 지나도 빼주지 않았다.

"보혜 샘 그래서 약 몇 알 먹노?"

"아침에만 8~9알 먹어요."

"얼마 안 먹네. 충분히 하겠네."

"아… 네."

난 좀 꼼꼼한 성격이다. 메모도 잘하고 계획도 잘 세우는 편이다. 제기랄. 기다릴 만큼 기다렸다. 괜한 심보가 발동되면서 국장님을 엿 먹이고 싶었다. 일주일 수업 분 교재를 미리 챙겨서 캐비닛에 정리해두고, 노순표와 학부모 연락처, 카드번호, 회원들 특이사항 외 기타 필요한 것들을 메모로 남기고 핸드폰 메모로도 자료를 만들어 나 대신 누가 투입되어도 수업이 될 만큼 만반의 준비를 마친 뒤 외래 가기 전날 운을 띄웠다.

"국장님, 저 잡혀 들어갈지도 몰라요."

그리고 다음 날 아침 외래에 가서 교수님께 입원하겠단 의사를 밝혔고, 지구장님께 내가 만들어 둔 자료를 다 넘겼다. 지구장님과 국장님이 열심히 수습하셨단다.

자의 입원은 자유로워서 핸드폰을 사용할 수 있다. 그런데 잡혀 들어간 척하느라, 또 나를 좋아해 주시는 학부모님들의 연락이 너무 많이 와서 핸드폰을 꺼놓고 살았다. 나의 빈자리를 채운 애먼 신임 선생님의 죽는 곡소리만 여전히 들려오는데 미안하다.

환자의 입원 의사에 따라 이루어지는 자의 입원이 정신과 입원 형태 중 보편적으로 가장 많이 이루어지는 입원 형태이다. 그러나 무조건 입원하고 싶다고 해서 입원할 수 있는 건 아니고 전문의의 진료 후 입원이 필요하다고 판단될 때 환자의 입원 의사가 있으면 입원이 이루어지는 게 자의 입원이다. 환자의 의사에 따른 입원이기에 퇴원도 자유롭거니와 병동 생활도 그다지 큰 제약이 없어 부담 가질 필요가 없다. 평상시 짧은 상담 시간이 불만이었다면 입원 동안 주치의와 상담할 좋은 기회가 될 것이다. 단점이라면 역시 그렇듯 병원 생활은 늘 지루하다는 것.

의사에게 별 얘기를 다 했더라

간혹 사람들이 막상 상담센터나 정신과에 가면 무슨 얘길 어디서부터 어디까지 해야 할지 모르겠다거나 혹은 본인은 어떤 이야기를 하고 싶은데 선생님이 잘 안 들어준다는 경우가 있다. 우선 후자의 경우는 다니는 센터나 병원을 바꿔야 한다. 병원이나 의사에게 의리를 지키겠다고 굳이 마음에 안 드는 병원을 질질 다니다가 끝내는 내 마음 병의 치료마저 포기하게 된다.

내 병 낫자고 다니는 건데 불안감이나 불신이 바탕이 되어서는 그 어떤 처방도 상담도 약이 될 수는 없다. 병원과 의사 그리고 나, 삼박자가 맞아야 제대로 된 치료의 시작이 될 것이란 말은 강조해도 지나치지 않는다. 전자의 경우는 어떤 말이라도 좋다. 어릴 때부터 시작해 현재 사소한 일에 이르기까지 시시콜콜 이야기하다 보면 내 병의 근원을 찾을 만한 어떤 하나의 단서를 잡을는지도 모른다.

사실 마음의 병이라는 게 단발적인 원인으로 일어나지는 않는다. 어떠한 사건을 계기로 증상이 발현될 수는 있지만, 오래 전부터 내 안에 내재하여오는 문제들이 있을 것이다. 그 원인을 알아야 한다. 나도 남편의 불법도박으로 인한 가정경제의 몰락이 내 병의 발현 원인이 되었을지는 모르나, 그 낌새는 어렸을 적 환경들로부터 존재했다. 풍요로움 속에서도 나만이 느꼈던 외로움과 압박감에 있었다. 거기에 슬기롭게 극복해냈지만, 집안이 망하면서 나도 모르게 입었던 트라우마까지.

병원에 입원하면 담당의와 주치의가 있다. 원래는 내 주치의가 유해영 선생님이었는데, 자의 입원 때는 김창근 남자 선생님으로 바뀌었다. 김창근 선생님은 나를 파악하기 위해 지금까지의 내 면담 기록을 빠짐없이 다 읽어보시는 듯했다. 그리고 나와의 긴 면담 시간을 가지며 시간대별로 하나씩 사건을 되짚으며 정리해 나가는데 우와…… 순간 '내가 미쳤나?' 싶을 만큼 별소리를 다 해놨었다.

그러던 중 개 이야기가 나왔는데, 우리 호두 이야기였다. 태환이를 임신하기 전 내가 남편 몰래 분양받아 기른 강아지였는데, 태환이를 임신하게 되면서 시댁의 반대로 한순간에 시골 닭장에 갇혀 지내는 신세가 되었다. 나는 2주를 꼬박 눈물로 밤을 지새웠다. 호두도 공주처럼 지내다가 시골개가 되더니 우울증에 걸려 죽어버렸다.

호두에 대한 애착이 오죽 많았으면 병원에 내원했을 때는 그로부터 몇 년이 흐른 시점이었는데도 온통 호두 얘기만 했었는지 주치의 선생님 입에서는 계속해서 호두에 관한 이야기만 흘러나왔다. 가만히 듣고 있다 보니 피식 웃음이 났다. 환자는 사람인데, 개 이야기를 너무 진중하게 밑줄까지 그어가며 열심히 하는 의사 선생님이 순간 너무 우스워 보였다. 순간 웃음보가 터질 것 같아서 호두 이야기가 넘어갈 때까지 나는 "아하, 기억이 잘……" 이라고 대충 얼버무리듯 대답하고 얼른얼른 질문을 넘어갔다.

여기서 외래 상담할 때 팁을 알려주자면, 평상시 생활할 때 궁금증이 생겼다가도 막상 외래에 가서 면담하게 되면 레드썬! 의사 얼굴을 마주하는 순간 나는 별 탈 없이 그동안 그저 늘 똑같이, 특별할 것 없는, 그냥 그저 그렇게 지내다 온 평범한 정신과 환자로 돌아간다. 심지어 별로 할 말이 없어 담당의와 순간적으로 아주 조금은 어색한 밀당의 기류가 흐르다가 이내 똑같은 처방전만 받고 나올 때가 있기도 하다.

그러지 않기 위해선 내가 약은 잘 먹었는지, 술은 언제 누구랑 얼마큼 마셨는지, 흡연은 얼마큼 했는지, 가족이랑은 어떻게 지냈는지, 새롭게 투약하는 약은 있는지, 임신 계획은 있는지 등을 메모해두었다가 얘기해주는 것이 짧은 상담 시간을 알차게 보내는 방법이다. 특히 여성이라면, 임신 계획은 미리 알려야 한다. 임신 중에 먹을 수 있는 약물과 중지해야 하는 약물이 있으므로 대체하고 조절하여 상황을 살펴야 차후 부득이하게 중절술을 선택하는 일이 없다.

어쨌든 최근에 대학병원에서 개인병원으로 옮기면서 진료기록부를 사본을 떼었는데, 기록물을 읽고 있으니 가관도 아니었다. 별칭 진술서라고 나는 말한다. 그간의 나의 진술서는 정말 쥐구멍에 숨고 싶을 정도로 너무나 솔직했고 가감 없었다. 부끄럽다 크큭.

정신병이 부자병이라고요?

모르는 사람들은 얘기한다. 정신병이 부자병이라고. 부자병이라고 하는 근거를 보니까 크게 두 가지 이유인 것 같다. 하나는 치료에 돈이 많이 들어서, 다른 하나는 살기 바쁘면 정신병에 걸릴 틈도 없다는 논리에서 여유로움을 비꼬아 얘기하는 것 같다. 실제 부자병은 정신질환자를 빗대어서 하는 말이 아닌데 사람 대부분은 오해하는 것 같다.

우리가 아는 '부자병(affluenza)'이 실체를 드러낸 것은 2013년이다. 당시 18세였던 미국 텍사스 출신 이안 카우치가 술을 마시고 운전을 하다가 4명을 사망에 이르게 한다. 재판정에 선 카우치의 변호인단은 "너무 귀하게 자라다 보니 감정 조절에 어려움을 겪고 있다"라며 이는 장애이자 하나의 병인 부자병에 카우치가 걸렸음을 주장한다. 어처구니없는 변호였으나, 법원은 이 논리를 받아들여 카우치는 수감을 면하고 10년간의 보호 감찰과 재활원의 치료를 받았다. 카우치 사건에서 비롯된 부자병, 어플루엔자(affluenza)는 풍요를 뜻하는 단어 'affluence'와 유행성 독감을 뜻하는 단어 'influenza'의 합성어로 고통스럽고 전염성이 있으며 사회에 전파되는 병으로 끊임없이 더 많은 것을 추구하는 태도에서 비롯하는 과중한 업무, 빚, 근심, 낭비 증상을 수반한다. 즉, 어플루엔자는 삶에 대한 무력감, 과도한 스트레스, 이미 많은 것을 가졌으면서도 채워지지 않는 갈망, 쇼핑 중독, 만성 울혈 같은 다양한 병후가 사회 전체에 만연하게 되는 일종의 사회병리 현상을 가리키는 용어이다.

누군가가 나에게 그러더라. "부자신가 보네요. 우울증에 걸리신 걸 보니. 우리 같은 사람은 우울증 걸릴 시간도 없어요. 먹고 살기 바빠서요." 대체 우리 같은 사람은 어떤 사람이고, 나 같은 사람은 어떤 사람일까? 나는 먹고살기 바쁘지 않나? 발바닥에 굳은살이 배기고 신발이 닳도록 일했는데 돌아오는 건 월급통장 압류였다. 남편 때문에, 아빠 때문에. 월급 받는 족족 급하게 줄 돈만 젖혀도 우리 가족 먹고 쓸 돈은 없어서 항상 가족에게 "5만 원만", "10만 원만" 말하며 그 돈으로 부식비를 해결하곤 했다. 나는 옷을 사 입은 적도 없다. 항상 거지 근성으로 나는 주위에서 안 입거나 버리는 옷을 얻어 입었다. 정신과도 대학병원이 나랑 맞는 거 같은데 1차 기관보다 돈이 많이 들어서 개인 의원을 전전하며 돌아다녔다. 나는 부자가 아니었다. 마음으로도 물질적으로도.

내가 가장 힘들었던 순간은 태환이가 아파서 병원에 입원했을 때였다. 그때 나도 정신과에 다니고 있었는데 공황장애와 우울증, 대인기피증이 심해서 도저히 다인실을 쓸 수가 없었다. 쥐뿔도 없는 형편에 친정엄마한테는 미안하지만 1인실을 썼다. 남편은 잘 때만 들어왔기에 태환이는 거의 내가 다 봤어야 했다.

교대해줄 사람도 없었다. 설상가상으로 누가 내 핸드폰도 훔쳐가 버렸다. 우울 위에 우울함이 겹치는 와중에 태환이는 뽀로로가 보고 싶어 떼를 쓰기 시작하다가 이번에는 옆방 형아가 먹는 과자가 먹고 싶어 칭얼거리기 시작했다. 나는 가진 돈이 없었다. 모든 주머니를 뒤져서 나온 돈은 천 원짜리 한 장이었다. 그나마도 비상금으로 들고 있던 돈이었다. 그러나 천 원으로 태환이가 사달라고 하는 과자는 살 수가 없었다. 태환이를 안고 편의점에 가서 아쉬운 대로 막대 사탕을 사 와서 태환이에게 물려주었다.

지금 같으면 가서 과자 하나 달라고 말할 법도 한데 그땐 그게 어려웠다. 아줌마로 농익지도 못했고 사람을 대하는 일을 하면서도 일을 마치고 나면 아무와도 만나고 싶지 않은 게 나였다. 가족도 마주치고 싶지 않았다. 그만큼 사람이 싫었다. 그러니 태환이를 돌보는 일도 나에게는 너무나 큰 에너지 소비였다. 남편이 조금만 도와주었더라도 또 달랐을지도 모르는데. 지나간 일 아쉬워해 봐야 소용없는 일이지만 말이다.

나는 아직
조울증 환자입니다

차가움이 서린 가을바람이 불기 시작하면 내 마음은 정해진 약속이나 한 듯 싱숭생숭해진다. 봄 대신 가을을 타서 그런지 오랜만의 외래 진료에 눈물 콧물이 다 쏟아져 나왔다. 그럴 줄 알고 미리 상담할 내용을 종이에 적어서 갔더랬다. 안 그러면 의미 없는 외래시간만 보내다 나올 걸 아니까.

교수님이 건네는 티슈를 받아들고 마스크 사이로 줄줄 흘러내리는 눈물 콧물을 닦아가며 심호흡 중간중간에 써온 글을 읽어 내려갔다. 항상 느끼는 거지만 정신과 진료는 뭔가 마치고 나올 때 공허한 무언가가 있는 것 같다.

'아, 오늘도 나 혼자 병신처럼 정신병자 역할을 홀로 맡아 조잘조잘 떠들어 댔구나!' 하는 기분쯤이랄까?

-긴장하거나 의식을 하면 손이 떨려요. 예를 들면 글씨를 쓴다든가, 젓가락질을 한다든가, 무엇에 집중을 하거나 어떠한 타인의 시선이 느껴질 때요.

-남편이 조울증은 살만하면 걸리는 병이랬어요. 연예인들처

럽요. 연예인도 겉이 화려하지 실상은 사생활도 없고 힘들지 않나요? 저더러 살만해서 조울증 걸렸다는데 저는 이 말에 동의할 수 없어요.

–브런치에 글을 쓰기 시작하면서 수면제 없이 3~4일 잔 적도 있어요. 그런데 요즘은 약을 먹어도 못 자요. 잠드는 데 3시간 이상 걸리고요. 그래서 약을 2포씩 먹거나 예전에 안 먹고 모아둔 수면제를 같이 먹기도 해요.

–수면제 때문인지 심리적 문제 때문인지는 모르겠으나 항상 자기 전에 약을 먹고 나면 식욕이 증가해요. 이전 병원에서 졸피뎀 부작용을 심하게 겪었어요. 그때는 무의식중에 섭식장애를 일으켰는데 지금은 그만큼은 아니지만, 하루 전체 음식 섭취량의 70% 이상은 잘 때 몰아서 먹는 것 같아요.

–남편이 교수님께 제가 낮 동안 온종일 잠만 잔다고 했다더라고요. 사실 잠을 잘 때도 있지만 눈감고 가만히 시간을 보내는 경우가 대부분이에요. 글을 쓰거나 지식인 답변을 달거나 하는 등 제가 좋아하는 일을 할 때가 아니면 그냥 가만히 눈감고 시체처럼 누워만 있고 싶어요. 제가 좋아하는 일은 가급적 사람들 없는 시간, 모두가 잠든 시간에 저 혼자 일어나 움직이고 싶고요. 그러다 보니 사람들 눈에는 제가 잠만 자는 인간으로 보이는 게 당연할지도 모르죠.

–가을을 타요. 가을 냄새가 날 때마다 마음이 싱숭생숭해요. 엊그제 엄마는 살 가지고 타박을, 동생은 CCTV를 달아서 저의 모습을 그대로 보여줘야 된다며 한마디 하는데, 거기다 남편은 제 미래까지 들고 나서서 이제 어쩌고 살 거냐 난리를 부리고.

저 또 또라이 기질이 머리끝까지 솟았다 내렸다 욱! 욱! 욱! 세 번 참았습니다. 그만큼 더 입 닫고 눈감고 낮에 누워 있었을 뿐입니다. 속으로는 열댓 번 분개하면서요. 그나마도 귀찮아서 이내 놓고 말았지만. '그래 네들 잘났다. 계속 떠들어라'는 심정으로요.

–페르소나. 매일 가면을 쓰고 사는 것 같아요. 그래서 슬퍼요. 너무 슬퍼요. 죽거나 자살하고 싶은 충동은 없어요. 그런데 나에게는 내일이 없어서 자고 일어났을 때 내일 눈뜨지 않았으면 좋겠어요.

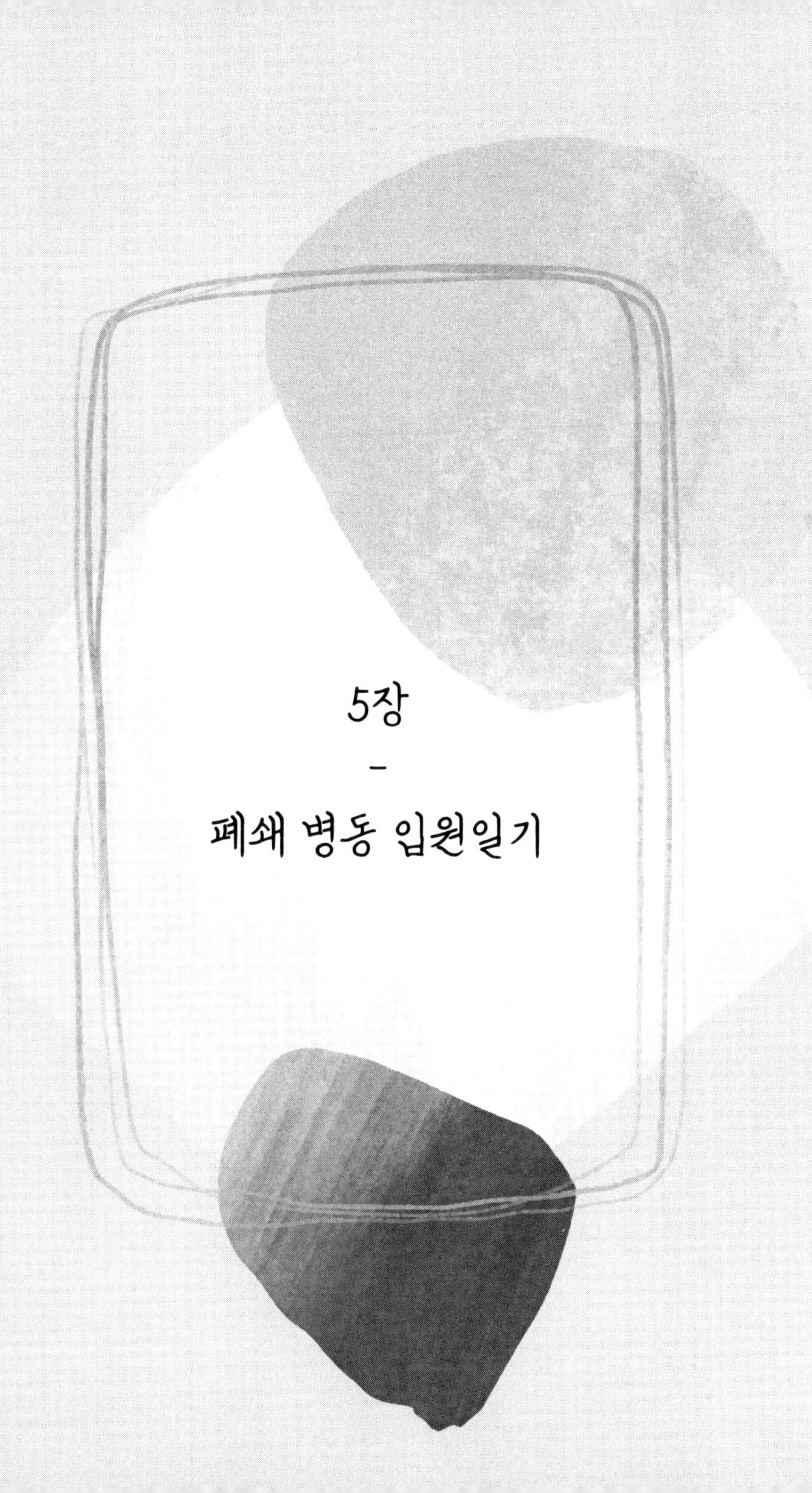

5장

-

폐쇄 병동 입원일기

들어가기에 앞서

책 한 권, 연필 한 자루, 지우개 하나.

바깥에서는 손쉽게 구할 수 있는 것들이 병동 안에서는 힘들게 주어진다.

'도대체 왜? 라는 나의 얼굴은 도무지 이해가 안 된다는 눈빛에 불만스러운 입꼬리였지만, 나는 어색하게 그 감정을 감추고 있었다.

그도 그럴 것이 혹시나 자해나 남에게 상해를 입히는 도구로 쓸까 봐 사고를 미연에 방지하는 차원에서 개인물품을 비롯한 웬만한 물품은 반입이 금지되어 있고, 반입이 허락되는 물품 역시도 환자 상태에 따라 전문주치의의 지속된 관찰과 면담 하에 반입이 가능했기 때문이다. 나는 주치의 선생님과의 면담에서 일기를 쓰기 위한 노트와 펜이 필요하다고 했다.

선생님은 나의 의견을 적극적으로 들어주셨고, 펜은 위험하니 대신에 연필과 노트 한 권을 넣어주셨다. 그렇게 얻은 연필과 노트로 일기들을 몇몇 개 적었다.

갓 서른이던 그땐 도를 닦아서 그랬는지 세상 보는 눈이 조금 철학적이다. 그땐 모든 것을 자연의 이치로써 풀어보려 했었는데 지금은 솔직하게 말해서 이때 써놓은 일기를 읽어보면 뭐라고 떠들어대고 있는지 이해가 안 가는 대목도 많다. 확실히 이젠 일반인으로 돌아왔나 보다.

그녀는 나에게서 무엇을 보았을까

이틀 전, 핫라인(생명의 전화) 센터에 전화를 건 순간 내 인생 수직선 위엔 새로운 인생 좌표가 새겨졌다. 핫라인 경남지역센터 담당 상담원은 나에게 우울증 고위험군으로 보호 등급 1등급에 속할 수 있다며 정신과에서의 적절한 입원 치료를 권했다.

2012년부터 권유받았던 입원 치료. 사실 입원 수속 중에 도망친 적이 두 번 있었다. 입원 치료에 대한 두려움이나 거부감보단 접하고 싶은 맘이 더 컸던 것일까? 아니면 전환점의 계기가 필요했던 것일까? 핸드폰에 남겨진 두 통의 핫라인 부재중 기록이 나를 또 한 번 "Help"를 외치게 했다.

입원에 이르기까지 이틀간에 걸친 나름의 우여곡절은 예전처럼 경찰이나 119를 불러 의식을 차렸을 때 응급실에 누워있게 해야 했는데, 이번엔 응급실이 아닌 어느 작은 약국으로 나를 데려놓았다. 내용은 이러했다.

이곳에 입원하기 위해서는 현재 치료 중인 병원의 의뢰서가 필요했다. 의뢰서 발급을 위해 들른 ○○정신건강의학과 의원. 담당 원장님과의 면담 중 빠르게 진행되는 시력감퇴에 대한 불편을 호소하자 입원 전 바로 인근에 있는 안과에 내원할 것을 권했다. 안과에 들러 간단한 검사 후 처방전을 받아 아래층 약국으로 향했다.

아주 작은 규모의 약국. 이곳에 약이 몇 가지나 있을까 싶어 보였다. 인기척을 내자 조금 후 조제실에서 아주 호리호리한 중년의 가녀린 약사 한 분이 나오더니 이내 내가 내민 처방전과 나를 한 번씩 번갈아 보기 시작했다.

"보… 혜? 이름이 보혜! 아주 은혜를 많이 받은 이름이야!"

칭찬 어린 약사의 말이었지만 이 말은 오히려 내 감정을 불편하게 만들었다. 왜냐하면, 나의 트라우마를 건드릴까 봐 겁나서였다.

한창 입원 치료를 권유받을 당시 나는 심신미약자였다. 사주팔자 여덟 글자 중 여섯 글자가 무당 글자를 타고났다는 나는 어느 무당이 말하길 신의 제자가 되어야 할 사람이라고 했다. 신기도 없는데 신의 제자가 되어야 한다는 사실에 정말 그러한지 확인하고자 유명하다는 점집은 다 찾아 전국구로 다녔고 어느 스님 따라 두 살배기 아이를 업고 바다 건너 제주도까지 들어갔다 나왔다. 그러면서 점집은 물론 지푸라기 잡는 심정으로 종교란 종교의 문은 다 두드려 보았다.

나아지는 것은 아무것도 없었다. 그 어떤 것도 그 어떤 곳에서도 나에게 그렇다 할 답을 내려주진 못했다. 부유하게 자라 급격하게 가정이 몰락하는 걸 바라보면서 취집(취직 대신 시집)으로 효도하겠다 했는데, 스물두 살에 여덟 살 많은 남편에게 미쳐 뺨 맞고 집 나가 스물네 살에 결혼, 스물다섯 살에 출산.

그 이후 내 인생은 땅속에 파묻혔었다. 지금까지 있었던 많은 일이 머릿속을 스쳤다. 그때였다.

"울고 싶으면 울어야지. 그렇게 웃으며 눈물 참고 눈에 힘을 주니까 눈에 약이 필요하잖아. 울고 싶을 땐 울고, 눈물 나면 흘려버려 그럼 이 약도 필요 없어."

그 순간 오늘따라 유난히 눈이 더 건조해서 시야 확보조차 힘들던 내 눈에 눈물이 그렁그렁 차올랐다. 말없이 눈에 눈물이 고인 채로 가만히 있는 나를 좀 더 들여다보던 약사는 또다시 말을 이어나갔다.

"우리네 엄마들도 다 그렇게 살았어. 밖에 길가는 사람들을 봐봐. 웃고 있는 것처럼 보여도 저들 역시나 모두가 힘들어. 이젠 주변 말고 나 자신을 봐. 그리고 다독여줘. '그래. 나 잘하고 있다!' 실수하고 실패하면 어때? 지금 힘들면 어때! 우리 엄마들도 다 그래왔는데…. 나도 살아보니 그래. 지나고 나니 그 새까맣던 점도 색이 바래 옅어지더라. 또 어떤 기억들은 나이가 드니 아예 흔적도 없이 사라지고 없어. 나 지금 힘들지만 이 순간도 시간이 지나고 나면 보이지 않고 사라질 시간인데 뭐 어때 '내가 왜? 나 참 잘했어!'라고 나한테 마구 칭찬해주는 거야"라고 말을 맺으면서 쌩긋 환하게 웃으며 나도 따라 웃어보라는 듯 옆으로 고갯짓을 까딱였다. 나는 그 모습에 그동안 머금고 있던 웃음과 눈물이 한꺼번에 넘쳐흘렀다. 감사한 마음에 박카스 두 병을 더 달라고 하여 약사님과 한 병씩 나눠 들었다.

"약사님, 이 박카스 제가 사드릴게요. 오늘 좋은 말씀 너무 감사합니다" 했더니, 계속 손사래 치며 돈을 안 받으시려다 안 되

겠는지 결국 손에 든 박카스 한 병을 내게 보이며,

"보혜가 이렇게 내 말에 오늘 하루도 힘내라고 박카스를 사주니 내 마음이 너무 좋고. 이렇게 지나다 만났어도 힘들 땐 언제든 찾아와. 다음엔 맛있는 차 내가 대접할 테니"라고 하셨다. 나는 진심으로 고개 숙여 "고맙습니다" 인사드리고 약국에서 나왔다.

그녀는 나에게서 무얼 보았을까? 무얼 보았길래 그런 얘길 나에게 건넸을까?

도형들의
한(恨)가지 노래

핫라인센터에서 권하는 대로 '입원 치료를 한번 받아 볼까?' 하고 내 발로 자의 입원 차 병원에 들른 거였는데 어제는 생각과 다르게 교수님 면담 후 강제입원이 결정되어 절차가 진행되었다.

마재킷 펄렁이는 그림자에 앞 코 뾰족한 백구두 또각또각거리며 병동으로 들어선 나는 '나 여기서 꿀리지 않겠어요!'라고 나름 기세부리고 있었지만 사실 기세라기보단 까칠함이었다.

겉모습이 주는 이미지는 별거 아니었다. 나는 곧 본연의 순수함을 찾았다. 눈썹 잃은 모나리자에 사이즈 구분만 가능한 환자복 그리고 풀어헤친 사자머리와 팔에 채워진 환자 확인증. 그래도 나름 개성을 추구하고자 삼선 슬리퍼만은 형광으로 사서 신고 들어갔다.

하루에 두 번 차 모임 시간이 있다. 율무차, 대추차, 커피, 녹차 중 마시고 싶은 차 한잔을 준비하여 다 같이 모인다. 차를 마시면서 노래를 부르기도 하고 대화를 나누거나 활동을 하기도 한다. 이곳에서의 활동은 모두 참여 여부와 함께 어떻게 진행하였는지 활동과 언어생활이 간호사나 보호사들로부터 24시간 모니터링되므로 우수 수감자가 되려면 무조건 시키는 건 하고 보는 게 좋은 것 같다.

어제에 이어 오늘도 차모임에 참여하면서 느낀 점은 신(神)이 우리를 만들 때도 신과 비슷하게 만들었으리라는 것이다. 우리 인간이 만들어낸 것들에는 꼭 인간 무리와 닮은 속성을 숨겨 놓았다. 이는 도형에서도 찾을 수 있다. 도형은 동그라미, 세모, 네모, 뿔, 기둥 등 모양이 가지각색이나 '도형'이라는 하나의 이름으로 엮인다. 우리 사람들도 저마다 성향이 모두 다 다르지만 하나로 엮어보면 '우리'라는 이름으로 묶인다는 점에서 도형과 인간의 공통 속성을 찾을 수 있다.

한자리에 모인 사람들은 성향이 제각기 다른 만큼 좋아하는 노래도 다 다른데, "왜 그 노래를 좋아하세요?"라고 물으면 보통 "가사가 좋아서요"라고 얘기한다. 웃긴 건 노래 부르기를 마다하던 사람도 쭈뼛대던 사람도 한 가지 노래를 지정해서 누구 한 사람이 일어나 부르기 시작하면 다 같이 따라 부르는데, 한 노래 속에 한 사람 한 사람의 개성이 다 묻어 나온다는 것이다. 한 노래 속 여러 사람의 가락 사이로 숨어든 수많은 이야기는 결국 우리네 인생살이로 정리되는 듯했다.

그곳은 아팠다. 몸과 마음이 아픈 사람들.

사람들은 정신질환자라며 색안경을 쓰고 보기도 하지만 오히려 한 꺼풀 열고 들어가 보면 맑고 깨끗한 사람들이었다. 소위 심보를 더럽게 쓴다는 범주에 넣을 사람이 적어도 그곳에는 없어 보였다.

우리가 버려야 할 것은 심보가 아닌 듯했다. 내가 생각하는 심보란 마음을 감춰두는 곳에 불과하다. (심보: 心 마음, 保 보유하다, 감추다)

우리는 심보를 버리기 이전에 심보 속 마음을 가져야 한다. 심보만 가진 자는 인간에 불과하다. 사람이란 본디 마음을 지녀야 하는 것.

마음이 곧 사람의 기틀이 되기 때문이다.

이로써 또 한 번 나를 다진다.

늘 마음을 가진 사람이 되겠다고.

가진 마음을 베풀 줄 아는 사람이 되겠다고.

이 마음 잃지 않게 해 달라고 말이다.

외롭지 않다

수컷과 암컷에 따라 매미 소리가 다르다고 했던가? 핸드폰이 없으니 이런저런 귀찮은 연락을 안 받아서 좋긴 한데 검색이 바로바로 안 되니 답답하다. SNS는 원래 안 하니 금단현상이 없어 다행이다만. 단 한 가지. 한창 프렌즈팝에 미쳐있다가 갑자기 게임을 끊으니 뒤바뀌었을 순위에 애간장이 녹는데 창밖 가로수는 땡볕에도 고요하기 그지없네.

저 땡볕에 선 나무를 무식하다 해야 할지, 굳건하다 해야 할지, 에어컨 아래에 서서 애써 나무에서 위로할 말을 찾아본다. 그렇게 시작된 연상 놀이는 모로 가서 씨앗에서 멈췄다.

씨앗이 발아하려면?(자연적 관찰법으로 접근하여 볼 때)

우선 제 몸을 썩혀 씨앗 속의 진짜 씨(배아)를 자라 움트게 해야 한다. 제 몸이 배아를 발아시키는 밑거름이 되는 셈이다. 이 과정을 통해 씨는 제 몸 위에 어여쁜 새싹을 지니게 된다.

씨앗은 아주 조그맣다. 싹을 움트게는 할 수 있지만, 나무까지 자라는데 씨앗이 가진 에너지는 너무나 작다. 그래서 씨앗은 더 큰 에너지를 얻기 위해 뿌리를 내린다. 뿌리를 내린 씨는 이

내 썩어 양분이 되어 사라지고 새싹이던 어린잎은 제법 그럴듯한 줄기를 뽐내며 세상과 맞서 싸울 준비를 한다. 그렇게 하나의 씨앗에서 한 나무의 일생은 시작된다.

고작 단 한 톨의 씨앗이라 우스워 보였던가!

홀로 서 있는 나무라 외로워 보였던가!

쓸모없어 보이던 고작 단 한 톨의 씨앗이 잎으로는 하늘을 취하고 뿌리로는 땅을 취해 볕과 물과 바람과 양분 등을 얻었다. 그래서 제법 그럴듯한 나무 본새를 갖췄다. 그뿐이랴. 저만 건실하다면 곤충들도 때맞춰 찾아와 결실을 맺을 수 있도록 기꺼이 도와준다. 홀로 서 있는 한 그루의 나무일지라도 실제는 외롭지 않은 나무인 것이다.

내 감정은 내 것이라 나만 느낄 수 있어서 다른 사람은 나를 이해하지 못한다 생각했다. 그래서 난 더 외로웠다. 그런데 그게 아니었다. 나에게 어떠한 감정이 있다는 건 이 감정을 같이 나누고 또 같이 나눠줄 누군가가 있다는 뜻이니까.

어떻게 아냐고? 인간도 자연이니까.

인간도 자연이기에 자연의 섭리에 따라 움직이기 마련이다. 자연이 그러니까 인간도 그러한 거지. 나는 인간이니까 외로워도 외롭지 않다.

다 같은 말이 아니라고요

"저기요! 말이라고 다 같은 말인 줄 아세요?"

일상생활이나 생활드라마를 보다 보면 티격태격하는 장면에서 자주 들을 수 있는 말이다.

말이라고 다 같은 말이 아니면 그럼 다른 말이 있다는 소리인가?

우리가 언어를 표현함에 있어 발성을 통해 입으로 표현되는 것에는 말과 소리가 있다.

말과 소리의 차이를 먼저 밝히고자 한다면, 말에는 뜻이 있고 소리에는 그 속에 담긴 내재적 뜻이 없다. 그냥 듣고 흘려버려도 무방한 것이 소리다.

물론 감성이나 감정적인 부분에서 소린 중요하다. 그러나 소리는 순간의 감정만 취할 뿐 그 이상 나아가진 않는다. 그러기에 사람들은 소리보다 말에 더 집중해야 하는 까닭이 된다.

그런데 이곳에 있는 사람들은 말보단 소리의 영향을 많이 받는 것 같다. 물론 이곳 밖인 사회에 있는 사람들도 마찬가지다.

의미 있는 말이 아닌 말소리에 상처받고 말소리에 감정을 소모하며 말소리에 따라 인간관계가 맺어졌다 찢어졌다 한다.

사람들이 말과 말소리를 구분하고 그것을 적절히 취하고 때에 따라 알맞게 구사할 수만 있다면 우리 사회의 성숙도는 훨씬 높아질 텐데.

문제는 나 역시도 신이 아닌 인간인지라 말과 달리 이상적인 모습일 수는 없다는 점.

이상적일 수는 없지만 '이렇다' 하는 건 알고 있으니 현실에서 좀 더 성숙한 나이길 바라본다.

조현병
준우의 질문

준우가 물었다.

"나는 왜 이래요? 조현병은 왜 걸리는 거예요? 나는 심하잖아요. 주사도 맞아야 하고, 자꾸 이상한 피해망상이 들어요. 나는 왜 그런 거예요?"

늘 복도에서 걷다가 하지 근육경련이 일어 아픔을 호소해가면서도 무슨 고집인지 쉬지 않고 계속 걸어 나가던 준우였다. 그런 준우는 눈빛에 온기가 없었고 말 또한 없었다. 물론 표정도.

복도를 오가며 내가 사람들과 얘기 나누는 모습을 여러 차례 스치듯 보며 나누는 얘기를 귀 기울여 들었나 보다. 지금까지 말 걸었을 때 쌩하게 스쳐 지나가던 때와는 다르게 오늘은 말을 걸면 왠지 준우와 대화가 될 듯했다.

"다리 안 아파? 계속 근육에 경련 일어서 힘들어 보이던데! 여기 좀 앉아"라고 말하며 내 옆자리를 툭툭 손으로 치자 나에 대한 경계가 조금 풀린 걸까? 옆으로 다가와 앉자마자 질문 세례를 늘어놓기 시작했다.

그런데 나는 늘어놓는 준우의 질문에 그 어떤 대답도 제대로 해줄 수가 없었다. 첫째는 어떤 말이 준우의 마음에 와닿을지 알 수가 없었고, 둘째는 재입원 치료를 받는 준우에게 조언이랍시고 어쭙잖은 몇 마디를 늘어놓기에는 조현병에 대해서 내가 아는 게 별로 없었다. 준우는 본인 상태와 상태의 이유를 너무나 알고 싶어서 아주 갑갑한 마음을 보였다. 따라서 의사가 아닌 이상 내가 준우에게 섣불리 무어라 말하기가 조심스러웠다. 그냥 어서 준우에게 납득 가능한 이유가 찾아지길 바라면서 나는 이렇게 대답했다.

"이래서 네가 그렇게 쉬지 않고 계속 걸었구나? 쥐 난 거 이제 괜찮아? 같이 걸을까?"

준우 앞에서 헛똑똑이가 되어버린 나는 복도에 준우와 나란히 서서 준우의 복잡한 머릿속이 어느 정도 정리가 될 때까지 쉼 없이 걸었다.

어쩔 수가 없는 것 같다. 성숙이란, '몽돌'이 되는 과정과 같다.

바위에 붙은 투박한 돌이 몽돌이 되기 위해서는 불가분하게 구르고 굴러서 많은 풍파를 겪어내며 제 살을 깎아야만 한다.

그제야 알 수 있는 것이다. 자신이 겪은 모든 일이 몽돌이 되기 위한 불가피한 일련의 과정들이었음을. 그걸 알 수 있을 때까진 아주 많이 힘들 것이다. 준우도 좀 더 많이 시간이 흐르고 세상을 겪으며 지금 이 힘든 시간을 지나 보내고 나야 편해지겠지. 이제 준우 나이 24인걸. 마음의 병은 의사도, 약사도, 아닌 내가 나를 알 때 낫는 병이니까.

강한 마음먹기

꽃길만 걸어온 인생이라면 모를까, 그렇지 않다면 누구나 살아가며 그것이 언제가 되었든 한 번쯤은 누군가로부터 "마음 강하게 먹어라!" 혹은 "마음 단단히 먹어라!"라는 말을 들어봤을 것이다. 강한 마음이란 대체 무엇이길래 강하게 마음을 먹어야지만 나에게 있어 필요한 것이 되는 것일까? 그리고 또 무엇이기에 강하게 마음을 먹어야지만 나에게 닥친 어떠한 사건의 해결 실마리가 될 수 있다는 것일까?

마음인즉 생각의 결과물이다. 마음 이전에 생각이 먼저 움직인다. 생각에 따라 내 안의 마음은 이렇게도 쓰이고 저렇게도 쓰인다. 마음은 물과 같아서 탁해지기도 하고 맑아지기도 한데, 이때 물의 탁함 정도를 결정하게 되는 것이 생각이라는 요물이다.

생각의 요물은 내가 취하는 모든 것한테서 온다. 가령 음식이라던가 여행이라던가 내가 가진 오감을 넘어 생각의 요물은 발현되는데, 이 생각이란 요물의 장난에 따라 내 마음은 휘적거리기도 하고 때로는 정갈히 다듬어지기도 한다.

그럼, 강한 마음은 무엇일까? 내 안의 중심? 어찌 보면 그 말이 맞을지도 모른다. 그래야 어떤 생각이 바람을 타고 나를 어지럽혀도 내 안의 신념을 지킬 수 있을 테니까 말이다.

그러나 나는 여기서 강한 마음을 회복 탄력성에 그 의미를 두고 싶다. 쓰러지고 넘어졌을 때 다시 일어설 수 있는 용기와 추진력. 그것은 바로 내 안의 회복 탄력성에서 나온다고 했다. 그러니 좋은 회복 탄력성이 곧 강한 마음이 될 것이다.

'마음 강하게 먹을 거야!' 수천 번 다짐하고 또 다짐해도 마음이 다 잡히지 않는다면 내 안에 회복 탄력성이 무너진 건 아닌지 살펴볼 필요가 있다. 용수철은 늘어나면 본래 모습대로 잘 돌아오지만, 탄성한도를 넘어서 늘어나 버리면 탄력을 잃게 된다. 회복 탄력성도 마찬가지다. 내 마음의 힘겨움을 한계치 이상 받으면 탄력을 잃어버려 긍정의 힘을 잃어버리고 만다. 그럴 땐 상처로 아플 시간이 필요하다.

'마음 단단히(강하게) 먹어라'라는 말은 어른이기에 해줄 수 있는 말이다. 나보다 나잇살 더 먹은 어른이 아니라 나보다 마음 씀씀이가 어른인 자 말이다. 이 어른은 아픈 만큼 성숙하리란 걸 알기에 아무 때나 마음 단단히 먹으라고 이르지 않는다. 아플 때는 아프도록 충분히 내버려 둔다. 진정한 어른은 아프고 나면 우리 자신의 힘으로 버텨내 일어서리란 걸 잘 알고 있기 때문이다. 마음껏 아파하자. 아픈 만큼 성숙하고 더 아름다워질 나를 위해.

왕년은 돌아오지 않는다

不在來之時好也 부재래지시호야

좋았던 시간은 지금 현재 있지도 아니하고 돌아오지도 아니한다.

제아무리 어지러웠던 인생이라 한들 그 안에 왕년이 없었겠는가.

제아무리 어린 인생이라 한들 그 속에 리즈시절이 없겠는가.

우리는 저마다 왕년, 리즈시절 등의 이름으로 우리가 가장 행복했던 시간을 기억한다. 심지어 그 기억 속에 빠져 살기도 하는데 현재 자신이 과거에 비해 불우한 환경 속에 처해있다고 느끼면 느낄수록 과거에 대한 집착이 큰 양상을 보인다.

사회생활에서도 여기 병동 생활에서도 왕년 이야기는 빠지지 않고 나온다.

생각해보면 나 역시도 그랬다. 지난 힘겨운 나날들이 과거 속에 빠져 집착으로 얼룩져버린 내 시간이었음을 예전엔 몰랐었다.

부재래지시호야라는 글귀가 내 마음에 박혀 들기 전까지는.

과거에 내가 어땠었건 간에 현재 내가 어떠한지 그리고 예전에 비해 부족한 내가 아닌 나아진 나를 맞이할 수 있도록 맘껏 나에게 기회를 주어야 하지 않을까? 늘 그렇듯, 누구나 그렇듯, 우리의 삶은 지금 이 순간부터가 다시 또 새롭게 시작되는 거니까.

지금 현재 내 모습 그대로를 인정하자. 그리고 마음껏 칭찬해주자. 바라보아 예쁜 사람은 겉치장의 화려함도 재력도 뇌색남녀도 아닌 자신 스스로를 아끼고 보살필 줄 아는 사람이다.

자기 자신을 아끼고 보살피며 사랑할 때 뿜어져 나오는 에너지와 풍기는 그윽한 향은 세상 그 어떤 고귀한 물질에도 견줄 수 없을 만큼 값진 아름다움이다.

스물셋,
가시 있는 장미더라

우리 이모가 그러던데 어느 술집 이름이 '서른에 피는 장미'였다더라. 단순한 나의 추측인데, 아마 그 술집 주인은 여자이고 서른 살이었나 보다.

저 간판 이름처럼 나는 서른이면 꽃 피울 줄 알았다. 그래서 '30'이라는 내 나이만 기다려왔고 드디어 내 나이 서른이 되었다.

내가 무지하였다. 바로 요 앞 몇 장 넘겨보니 '꽃은 피는 때가 다르다'고 내 손으로 적어 놓고서 나는 보편 일률적인 바람으로 서른만 바라보고 있었다니. 그토록 바라던 서른이 되었으니 당연히 자연스레 나는 꽃피우리라 착각하고 있었다. 어제 윤아(학생간호사)와 얘기 나누기 전까지는.

깨알 같은 글씨로 뭔가를 열심히 적는다는 얘기가 병동 식구들 사이에서 돌았나 보다. 현회 님이 내 노트를 보고 싶어 했었다. 그러던 찰나, 뾰족이 깎은 연필과 노트를 옆에 끼고 병실로 향하던 나를 발견한 현회 님은 나를 불러 세우더니 내 노트를 엿볼 기회를 가졌다.

묵묵히 앉아 내 노트를 정독한 현회님은 "책 내자"는 농 섞은 칭찬으로 내 밝을 미래를 응원해주셨다.

현회 님이 윤아에게도 내 노트를 읽어보길 권하면서 윤아 역시 내 노트를 읽을 기회를 가졌다. 그렇게 노트를 다 읽은 알 수 없는 윤아의 표정은 많은 감정과 복잡한 생각들이 뒤엉켜있어 보였다. 그것들을 정리하는 듯 잠시 생각에 빠져있던 윤아가 말했다.

"사실 환자들이 노트에 글 쓰고 있으면 막 보여달라 그래서 읽어보는데 보혜 님 노트는 보여달라고 할 수가 없었어요. 처음 왔을 때 제가 혈압 재러 들어간 거 기억해요?

처음 봤을 때 걸음걸이가 너무 당당하고 밝게 얘기하는 모습에 왜 보혜 님이 우울증일까 의문이 들었어요. 보통 우울증 환자는 대개 무기력해서 말도 행동도 표정도 없거든요.

음, 저희와 여기 있는 의료진은 환자에 대한 보호와 비밀을 지킬 의무가 있잖아요. 선생님이나 저희한테는 힘든 거 슬픈 거 다 얘기해도 되는데, 보혜 님 보면 늘 밝은 게 그 속엔 감정을 절제하고 누르는 것처럼 보여요. 노트도 그럴 것 같았어요. 그래서 차마 보여달란 소리를 못 했었는데. 역시나 그렇네요. 이 노트도 누구 보여주려고 쓴 거 아니잖아요? 혼자만의 노트인데 이 노트에서마저 보혜 님 감정은 절제되고 억제하는 것처럼 보여요.

그럼에도 불구하고 힘든 감정이 이 노트에서도 배어 나오는 걸 보면…… 그냥 여기 있는 동안만이라도 맘껏 시간을 써요. 울고, 화내고, 나 힘들다 징징거리면서. 보혜 님이 그렇게 해도 뭐라 할 사람 여기에 아무도 없어요. 저는 다 비우고 나가셨으면 좋겠어요."

윤아 나이 스물 셋.

어린 나이에도 나에게 힘이 되어주기 위해서 노력하는 그 다부짐에 나는 뒤통수를 한 대 맞은 듯 머릿속에 꾹꾹 눌러둔 생각들이 어지럽게 날아올랐다.

사실 피난처가 필요해서 외부로부터 철저하게 단절된 곳을 찾아왔다. 짧게나마 주어진 시간 속에서 나는 내 안의 문제들을 어느 정도 해결해야 한다. 꾹꾹 눌러 담으려 욕심낸 쓰레기봉투는 결국 터지기 마련인데, 나는 지금 터지기 직전일지도 모른다. 왜냐하면 윤아 말이 다 맞기 때문이다.

나는 교수님께 늘 가면을 쓰고 있는 것 같다고 했다. 내 안에 나는 따로 있는데 남이 보는 또 다른 나도 있는 것이다. 여기서는 안 그럴 줄 알았는데 어느 순간 나를 보니 또 가면을 손에 들고 있는 것이었다. 여기서 가면이란 감정의 가면을 말한다.

슬프고 짜증나도 상냥한, 좋은 사람 콤플렉스라도 걸린 것처럼 서비스 정신이 투철하거나 이중인격이거나 둘 중 하나이겠거니 했다. 그런데 알고 보니 조울증이었다. 우울증보다 무섭다는 조울증. 괜찮다. 요즘엔 약이 좋아서 기분도 조절해준단다.

그러고 보니 오늘은 서른에 피는 장미가 아니라 스물셋, 비록 만개하진 않았어도 가시 있는 장미라는 걸 톡톡히 보여준 윤아에게 감사와 응원의 마음을 마음껏 빌어야 될 것 같다.

어느 땐가
어느 곳에서

우리는 살면서 매 순간 선택의 갈림길에 서 있다.

선택은 찰나지만 그 여파는 찬찬히 남아 우리의 감정에 큰 영향을 미친다.

사람에겐 이성과 감정이 있다.

자신이 이성적인 사람인지, 감정적인 사람인지 잘 아는지 모르겠지만, 열정 페이가 있는 우리나라 사람은 적어도 대부분 감정적이다.

보통 이성을 우월하게 보는 경향이 있는데 이성과 감정은 옳고 그른 대상이 아니다. 그러므로 어느 하나가 우월 시 될 것도, 하찮게 여겨질 것도 아니다.

요즘 우리는 매 순간 자의로, 타의로 선택하여 만들어진 현실이란 결과물에 치여 정신을 못 차린다. 알고 보면 할머니의 할머니의 할머니의 할머니도, 할아버지의 할아버지의 할아버지의 할아버지도 그랬다. 우리 민족 피에 흐르는 고유의 한(恨) 서린 정서는 아마도 유전병인 듯 싶다.

인생은 가지가지 삶 속에 녹아든 갖가지 선택의 결과물이 뒤

엉킨 일이다. 호재만 가득하면 좋으련만, 악재를 피할 수 없는 게 또 현실의 묘미 아니겠는가.

만약 내 앞에 닥친 현실이 아픔 그 자체라면 어디서부터 무엇 때문에 그러한지 모르는 건 당연한 것이다. "나는 누구? 여긴 어디?" 얼빠진 상태로 죽치고 견디는 수밖에 별다른 방법이 없다. 정말 시간이 약이라는 말도 견뎌본 자라면 잘 알 것이다. 정말 시간이 약이고 최선의 방법이라는 걸.

사람은 '낢'으로 세상에 나와 어느 때 어느 곳의 선택들로 '앎'을 배우고 인생이란 '삶'을 완성해간다.

내 어느 땐가 어느 곳에서…….

“
나는 인간이니까
외로워도 외롭지 않다.
”

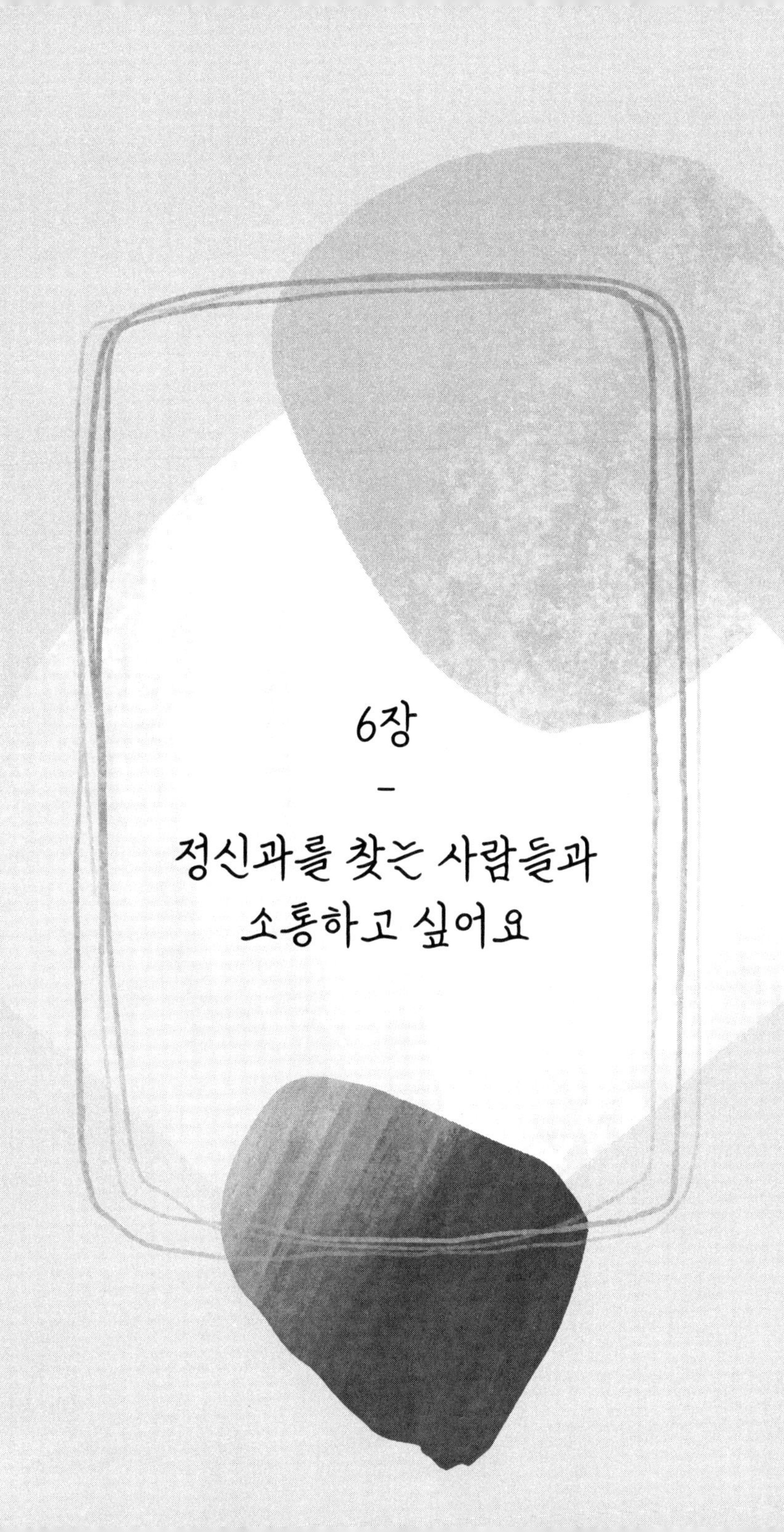

6장

-

정신과를 찾는 사람들과 소통하고 싶어요

들어가기에 앞서

2020년 6월 말에 브런치 작가 승인이 났어요. 너무 기쁜 나머지 둔하디둔한 제 몸으로 공중에서 헤드뱅잉하며 텀블링하는 걸 보았죠. 아마 눈은 바닥에 붙어 있었을 거예요. 뭐라도 바닥에 붙어 있는 걸 좋아하거든요.

그맘때쯤 또 하나의 취미가 생겼는데요. 바로 네이버 지식인에 답변하는 것이에요. 제 등급이 평민이더라고요. 답변 채택으로 절대신은 안 되더라도 영웅까지는 가보자는 목표가 생겼습니다. 제가 달 수 있는 전문지식은 딱히 없어요. 그저 인생 상담이나 그동안 해왔던 직장 생활의 경험을 토대로 하는 조언 정도랄까요? 제가 주로 다는 답변은 정신과 분야죠. 그리고 요즘 배우는 피부미용 관련해서 정도요.

답변을 달다 보면 참 별의별 고민이 세상에 다 있다지만, 나이대에 따라 성별에 따라 별 고민이 다 있다 싶어요. 개중에는 마음이 쓰이는 고민도 있는데, 어떤 것은 작성자가 구구절절 길게도 써놓고 용기가 없는지 이내 게시한 글을 삭제하는 때도 더러 있어요. 그럴 땐 긴긴 글을 읽고 또 읽은 후 달 수도 없는 답글을 달고서 이내 사라져 버릴 창이 못내 아쉬워서 답글창만 몇 번 만지작거리다 창을 닫습니다. 그리고는 행여 작성자가 새로 고민 글을 게시하지는 않을까 기다려 보지만 같은 일은 안타깝게도 다시 일어나지 않더라고요.

웬만해서 진정성 있게 고민 사연을 올리는 글을 발견하게 되면 제 개인 카톡 아이디를 알려주어서라도 상담해주고 싶은 마음입니다. 그게 제 솔직한 마음이에요.

삶이 우울해요
이거 우울증 맞나요?

누구나 우울한 마음은 가지고 있다고 합니다. 우울증 또한 누구나 가지고 있겠죠. 우울증은 우울한 증상이니까요. 문제는 우울증이 아니라 정도가 지나쳐서 병적인 증세를 보이는 우울병인 경우죠. 일반적으로 삶이 우울할 때는 무언가를 통해 그 상황을 벗어나거나 잊으라 말해요. 생각을 하지 않을 수는 없잖아요. 차라리 머리에 쥐가 나도록 생각하고 떨쳐버리기도 하고요.

감정 쓰레기통이라고 많이들 부르죠? 저도 그렇게 쓰다 보니 없던 글 쓰는 실력이 덤으로 생긴 케이스인데, 끄적끄적 종이에 아주 솔직하게 상세하게 다 적어서 털어놓는 겁니다. 내 비밀은 나와 종이 그리고 볼펜만 아는 거죠. 거기에 더 할 얘기가 생기면 덧붙이기도 하고 좀 수그러든 내용이 있으면 지우기도 하고요.

그러다 필요 없어지면 그 종이를 버리기도 하고 아니면 이따금씩 꺼내어 보아 상기시키며 더 큰 사건 속에 요즘 들어 생기는 자잘한 사건들을 상쇄시켜 버리기도 합니다. 정해진 룰이나 방법은 없어요. 내가 편한 대로 하면 되는 것이거든요. 왜냐면 내 마음이니까요.

어떤 유부남이 그러더라고요. 남자가 밖에서 여자를 찾는 행위는 집구석에서 아내가 자신의 말을 들어주지 않아서라고요. 비록 진정성 없는 리액션일지라도 돈 몇 푼이 내 마음 던져놓을 곳이 밖이라서 남자들이 밖을 맴도는 거랍니다.

비단 남자뿐일까요? 여자도 그렇겠죠. 기혼자만 그럴까요? 처녀, 총각, 학생, 노인, 어린이 모두 그렇겠죠. 우리 모두는 자신의 이야기를 들어줄 누군가를 필요로 해요. 그게 이뤄지지 않을 때 돈을 주고서 상담원을 찾는 거고요. 면담이란 걸 요청하는 겁니다.

삶이 우울하세요? 스쳐 지나가는 우울증일 수도 혹은 깊은 우울증일 수도 있어요. 깊은 우울증이라면 병원에 내원하시고요. 스쳐 지나가는 우울증이라면 일상 루틴에 변화를 줘보세요. 친구도 만나시고, 운동도 해보시고, 광합성도 하시고, 맛있는 음식도 드시고, 감정 쓰레기통도 활용하면서 말이죠.

죽고 싶은데 겁이 나요

죽고 싶은데 겁이 나는 사람은 진짜 죽고 싶은 사람일까요? 라고 반문하고 싶습니다.

저는 자살 시도를 여러 차례 했어요. 그땐 죽음에 대한 겁이 없었어요. 왜냐하면 살아있음이 더 겁났고 내일 눈뜬다는 사실이 저에겐 지옥 같았으며 지금 숨 쉬고 있는 그 자체가 제 목을 죄어왔으니까요. 그래서 죽음 따위는 겁이 나지 않았습니다.

저도 가끔 죽고 싶을 때가 한 번씩 생기거든요? 그런데 이제는 무서워요. 아프진 않을까, 저승사자가 진짜 보이면 어쩔까, 한 번에 안 죽으면 어쩔까? 이런 생각을 한다고요. 왜인 줄 아세요? 덜 죽고 싶어서 그래요. 살고 싶어서 그래요.

제 동생 손목에는 깊고 진한 자해의 흉터가 있어요. 동생이 그랬어요. 하나도 아프지 않았다고요. 남편과 심하게 싸우던 날 쑈를 하기 위해 커터칼을 들고 제 손목을 그었어요. 참 이상하죠? 분명히 동생이 하나도 아프지 않았다고 했는데 저는 아프더라고요. 죽기 위함이 아니라 쑈를 위한 수단에서는 자해가 아팠어요. 그래서 깊게 베지도 못했어요.

앞에 글에 제가 콩콩이 주방놀이 장난감으로 머리를 내리친 적이 있다고 했는데 그땐 하나도 아프지 않았거든요. 머리통이 다 깨졌는데도 불구하고요. 그런 것 같아요.

죽고 싶은데 겁이 난다든지 덜 아픈 방법을 찾는다든지 이런 짓을 하고 있는 자신을 발견하거든 한숨 푹 주무시고 일어나서 새로운 내일로 열심히 살아보도록 해요! 풀리지 않는 고민거리는 제가 들어드릴 테니까요. 아시겠죠? 오늘 바보 같은 생각을 했다고 해서 자책할 필요도 부끄러워할 필요도 없어요. 그냥 편안하게 좋아하는 음악 선곡해서 들으며 한숨 자요. 그리고 일어나세요. 힘내요 우리.

정신과와 상담센터 어디가 나을까요?

네이버 카페나 지식인에서 답변을 달다 보면 꽤나 많이 볼 수 있는 질문 중 하나가 '정신과에 꼭 가야 할까요?'와 '기록에 남을까 봐 겁나요'인 것 같아요.

어찌 보면 같은 맥락의 질문이라고 할 수도 있겠네요. 요즘엔 정신과에 관련된 책이 많이 나오고 정신과에 대한 인식이 많이 바뀌어서 이런 질문이 적을 것 같지만 아직까지도 정신과에 대한 두려움은 사람들이 가지고 있는 게 사실인 것 같습니다.

일상생활이 힘들 정도로 나의 정신력이 약하다고 느껴진다면 정신과에 내원해볼 것을 권해요. 정신과가 부담스럽다면 상담센터도 괜찮다고 생각합니다.

다만 정신과와 상담센터와의 차이점은 약물치료가 이루어지느냐 안 이루어지느냐에 있는데요. 상담센터는 의사가 아닌 상담원이 상담을 하는 곳인 만큼 약물 처방은 이뤄지지는 않아서 중등도 이상의 환자가 약물치료를 위해 들르기에는 무리가 있어요. 다만 병원에서 약물치료를 하면서 상담센터도 병행하면 그것은 괜찮은 거겠죠.

요즘에는 병원에서도 비약물요법을 많이들 실시하고 있더라고요. 무조건적인 약물요법보다는 상담 치료나 비약물요법을 통한 치료를 이행하고 있으니 잘 알아보고 병원, 상담센터를 찾아보시는 게 좋을 듯합니다.

또한 정신과 진료를 받고 싶은데 불이익을 걱정하는 경우가 많으신데요. 보통 정신질환 장애 관련 병명 코드는 F코드입니다. 병원에 가셔서 Z코드로 단순 상담만 우선 받아보세요. Z코드는 F코드와 같은 사회적 낙인을 해소하기 위한 방편으로 2013년에 도입된 제도에요. Z71.9 보건일반상담 분류로 단순 상담을 받은 뒤 치료 여부를 결정해도 늦지 않는답니다.

또 다른 방법은 비급여로 진료를 받는 거예요. 그럼 기록에 남을 일이 없죠. 그럼에도 상담이 부담스럽다면 무료 상담센터를 이용해 보시는 것도 한 방법입니다.

치료를 받고 약을 먹으면 병이 낫긴 하나요?

이건 의사들도 모르는 질문 같아요. 환자 본인도 모르는 질문 같고요. 글쎄요. 얼마나 시간이 흘러야 병이 나을 수 있을까요? 저는 첫째는 주위에서 먹는 약 가지고 왈가왈부를 하지 않아야 한다고 생각합니다.

사공이 많으면 배가 산으로 간다고 하잖아요. 그처럼 먹는 약을 가지고 주위에서 왈가왈부가 많으면 본인이 본인 치료에 대해서 자신감을 잃게 되고 그러면서 스스로 단약을 해버린다거나 병원을 옮겨버린다거나 의사 말을 듣지 않는다거나 적게는 치료에 대한 본연의 의심에서 많게는 불신으로 단약 또는 병원을 옮겨서 약을 확 바꿔버리는 사태까지 일어나게 됩니다.

그러면 주위에서 잘했다 하겠지요. 약을 끊었으니, 약을 바꿨으니 잘했다 할 겁니다. 그러나 정작 본인은 먹어오던 약이 바뀌어서 혹은 먹어오던 약의 용량이 있는데 그 약이 몸속에 투여되지 않아 더 큰 부작용을 일으키게 됩니다.

치료를 받고 약을 먹으면 나을 수 있어요. 언젠가는요. 다만, 좋아졌다고 해서 내가 좋아진 게 아니라 약효로 호전된 증상을 보이고 있음을 깨달아야 하고 주위에서 왈가왈부하는 말에 현혹되지 않아야 해요. 그래야 짧은 레이스로 끝낼 수 있답니다.

10년이 넘는 긴 싸움. 누가 하고 싶겠어요? 그렇지 않나요? 그러니 자기중심을 잘 세우고 앞만 보고 가자고요! 나와 의사 그리고 병원 삼박자의 장단이 잘 맞을 때 내 병은 나을 수 있습니다. 저도 많이 좋아졌잖아요. 공황장애. 알코올 의존증도 이제 없어진걸요.

다만 친절한 의사를 만나고 싶었을 뿐이에요

그럼요. 친절한 의사를 만나고 싶은 마음은 누구에게나 다 있으리라 봅니다. 저 같은 경우도 이전에 잘한다고 해서 찾아간 개인 의원 원장님이 "잠은요?", "술은요?", "네 그래요" 두세 가지 묻더니 기계처럼 약을 지어주고 저를 진료실에서 내보내더라고요.

그렇게 물어서 제가 우울증 환자인지, 조울증 환자인지, 조현병 환자인지, 기타 정신질환자인지 알게 뭐래요? 거기다 약 용량은 어떻게 맞춰주겠단 말이죠? 그래서 그 의원은 한 번 가고 다음부터는 안 갔어요.

또 다른 병원은 말씀은 잘 들어주셨는데 제가 어떻게 말을 하든 늘 같은 약이었고 징징거리면 주사로 잠재웠죠. 약의 증량과 주사가 다였어요. 어쩔 때 보면 밀려드는 환자 쳐내느라 차트 쓰기 바쁜 선생님도 계시고요.

저희는 다만 진료기록 쓰시는 와중에도 눈 한 번씩 마주치며 얘기를 들어주는 선생님을 원할 뿐인데, 그죠? 다행히도 지금 제 담당 선생님은 제 얘기를 잘 들어주신답니다. 능력자세요.

약에 대해서도 잘 아시고, 설명도 잘해주시고, 제 근황에 대해서도 잘 물어주시고 제가 다운되어 있어서 말이 없으면 이야기를 잘 이끌어 내주시거든요.

이런 선생님 만나기도 쉽지가 않죠. 우후죽순 정신과는 많이 생기는데 나와 맞는 선생님은 어디 있는 걸까요? 여러분도 꼭 여러분과 잘 맞는 선생님 찾으시길 바랍니다.

처방의 두려움이 있어요
왜 이런 약을 주는 거죠?

네. 그럼요. 무슨 약인지 처방에 대한 두려움을 가질 수 있어요. 또 궁금하기도 하고요. 처방전이 나오면 요즘 약 봉투에 약에 대한 정보가 있지만, 원내 처방이 이루어질 때는 보통 약에 대한 정보를 알 수가 없죠. 그리고 의사 선생님도 약에 대해 자세히 설명해주지 않으시는 경우가 많아서 더 궁금한 경우가 많으실 거예요.

그럴 땐 약학정보원에서 약 모양으로 식별검색을 하실 수 있어요. 그럼 내가 먹는 약이 어떤 종류의 약인지 자세히 알 수 있답니다. 그리고 궁금한 점이 있으면 메모해두었다가 꼭 다음 외래 시에 담당 의사에게 질문할 수 있도록 하세요. 낫자고 먹는 약인데 불안감이 바탕이 되어서는 안 되잖아요?

간혹 그런 경향도 있더라고요. 내가 중등도 이상의 정신질환자일 경우이거나 혹은 급박한 상황(흥분, 외부로부터의 정신적 충격)에서 좀 다운시켜야 할 때는 사람을 가라앉히는 약을 많이 쓰시더라고요. 예를 들면 쎄로켈, 아빌리파이, 클로자핀 등과 같은 약물들이요. 또한 약국에 묻기보다는 의사에게 직접 물으시길 권장드립니다. 약국은 모든 병에 대한 약을 다루잖아요. 제 약봉투를 내밀면 100점 만점에 60점 수준의 병이라고 합니다. 과연 제가 60점에 해당하는 병일까요?

정신과 의사는 그렇게 말하지 않습니다. 제가 먹는 약봉투를 보고서 "이거 먹으면 배부르지 않나요? 약 줄이고 싶지 않아요?"라고 묻습니다. 약국에서는 많은 환자를 보기 때문에 정신질환에 다른 질환을 더한 환자들의 약봉투에 제 약봉투를 비교하고 말했겠지만, 그렇게 비교할 건 아니었죠.

정신과 의사는 말합니다. "보혜 님 약이 많이 줄어든 건 맞습니다. 그러나 아직도 여전히 너무나 많습니다. 더 많이 줄이셔야 합니다"라고요. 그리고 약에 대해서 의사 선생님과 얘기를 많이 나눕니다. 기분과 관계하여, 기본욕구들과 관계하여, 의존성과 관계하여 말이죠. 그리고 약을 늘이거나 줄이고 또는 바꾸기도 합니다. 여러분도 그렇게 말씀하세요. 의사 선생님께요. 주는 대로 족족 제비처럼 받아먹지 말자고요. 우리도 약에 대해 알 권리 있습니다.

학생인데 병원에 혼자 가고 싶어요 방법이 없나요?

의료법에 따르면 청소년 혼자 진료와 약물 처방까지 가능해야 하지만, 현실에서는 진료까지만 가능하실 거예요. 약물 처방과 치료는 아마 부모님 또는 보호자 동반을 요구할 겁니다. 아무래도 법적 보호자가 병원 측에 우리 아이를 왜 정신질환자로 만들었냐며 법적 분쟁을 걸었을 때 골치 아픈 일이 될까 봐 사전에 이를 방지하려는 차원에서 보호자 동반을 요구하는 것이죠.

그럼, 방법이 없느냐? 아예 방법이 없는 것도 아닙니다. 병원에 내원하기 이전에 청소년 전화 1388을 이용해 보는 것도 좋을 것 같아요. 아니면 학교에서 교육청 기반으로 운영되는 Wee센터도 좋고요. 많은 친구가 정신과 이전에 위클래스나 1388을 이용하고 있더라고요. 위클래스나 1388을 먼저 이용하시되 병원치료가 필요하다 싶으시면 관계센터에 본인의 상황을 설명하세요. 그리고 병원치료를 받을 수 있게끔 도와달라고 당당하게 요구하세요. 그래야 누군가가 보호자로 나서서 여러분의 치료를 도와주거나 상담이 가능한 센터 혹은 병원과의 연결을 주선해줄 테니까요. 참지 마세요. 요구하세요.

에필로그: 나와 함께 나비춤을 추지 않을래?

'인생이란, 폭풍우가 지나가길 기다리는 것이 아니라 퍼붓는 빗속에서 춤추는 법을 배우는 것이다.'

작년 여름 진주 대평의 한 농장에서 청년일자리사업으로 일하게 되면서 만난 정신질환자들과의 이야기를 하고자 한다.

"여기 이 자리에 30대부터 60대까지 앉아계시죠? 저는요, 여러분, 올해 서른다섯 살입니다. '네가 인생을 뭘 알아?'라고 말씀하신다면, 저도 산전 · 수전 · 공중전까지는 아니어도 산전 · 수전까지는 겪어보았어요. 그리고… 저 역시 여러분과 같습니다. 저도 여러분과 다름이 없어요. 그래서 아래 보시면 한 줄 더 써놨습니다. 'Shall we dance? 저랑 함께 12회기 동안 아름다운 몸짓의 나비춤을 춰보지 않으실래요?'라고요. 저와 친구가 되어서 여러분과 저 아름답게 춤추자고 지금 제가 여러분께 제안 드리는 겁니다. 저의 제안에 여러분, 응해주실 겁니까?"라는 나의 마지막 질문에 그들은 모두 큰소리로 "네"라고 화답했고 나는 뭉클하면서도 기분이 좋은 가득 찬 열정의 에너지로 "감사합니다! 지금까지 김보혜 사무장이었습니다. 이것으로 1회기 프로그램을 마치겠습니다. 고맙습니다!"라고 마지막 인사 멘트를 하였다.

사실 내가 짠 시나리오상 작자 미상의 짧은 시만 읽고 1회기 프로그램은 끝냈어야 했다. 그들이 마음을 열고 이 자리에 임한다는 게 눈에 보이지 않았더라면 또는 대표님이 내가 마무리하는 시간에 세미나실에 앉아 있었더라면 아마 나의 시나리오대로 진행되었을지도 모른다.

그런데 1회기 프로그램을 진행하는 동안 그들의 눈빛은 갈망으로 빛났다. '나 좀 치유해주세요.' '나 좀 도와주세요.' '나의 마음을 어루만져 주세요.' '외로워요.' 등등 굳이 말로 해야 그 마음을 알 수 있을까. 나도 이미 다 겪었고 지금도 진행 중인 것을. 그런 그들이 낯선 누군가에게 말을 건다는 것은 대단한 용기이다. 우리에게 말을 걸었고, 자신의 감정을 얼굴로써 말로써 표현했으며, 강단 앞에 선 나의 물음에 대답으로 반응해주었다. 평범한 이들에게 이러한 평범한 일들이 그들에게는 엄청난 에너지를 요하는 일이므로 나는 표현 하나하나, 반응 하나하나에 고맙고 감사할 뿐이었다.

그러고 보니 계약서상 이날은 내가 사무장으로 일하는 계약기간 만료일이었다.

사무장 구인 자리에 들어가긴 했지만, 사무장은 아니었다. 나는 정말 일 처리를 못했거나 또는 어쨌거나 대표님 마음에 드는 구석이 없었으므로 대표님께 혼나는 게 일과였던 것 같다.

같이 일하는 동생이 "언니 괜찮아요?"라는 말을 달고 살았고, 나는 너무나 안 괜찮아서 괜찮은 듯 괜찮았으므로 그렇게 괜찮게 묵언수행하며 때론 밤새 베갯잇 적셔가며 또 어느 날은 이를 악물고 날밤 까길 밥 먹듯 하다 보니 즐겨 하던 글쓰기는 웬 말이냐 지인이랑 카톡 주고받을 시간도 언감생심이 되고 말았다. 그냥 나를 농장 일 더미에 박제시키듯 반복했더니 입사 3개월즈음 자연스레 자칭 사무장에서 자칭타칭 사무장이 되었다가 이제 자타공인 사무장이 되었다.

MOU를 체결하고 그들을 처음 만난 건 12회기 프로그램이 진행되기 전 사전교육 때였다. 매주 화요일마다 4회 차에 걸쳐 우리 센터에서 있을 12회기 프로그램에 대비하여 사전교육을 실시하였는데, 4회 차의 만남 동안 그들과 직접 연결될 거리는 없었다. 전면 프로젝트 빔을 보고 강의가 진행되었고, 나와 동료 직원 한 명은 맨 뒷좌석에서 어떻게 진행되는지 살펴보는 정도였기 때문이다.

다만, 우리가 진행할 프로그램이 사회적 농업을 통한 정신질환자의 사회 복귀 프로그램이다 보니 4회 차에는 직업 재활 훈련의 일환으로 이력서 쓰기와 자기소개서 쓰기, 모의 면접 등이 있었는데. 기억에 남는 것은 내가 면접관이 되어 1대 1로 몇몇 분에게 모의 면접을 진행해본 결과 공통점이 있었다는 것이다. 그것은 바로 '나 이런 사람이에요.'라고 말하는 것이었다. 여기서 '나 이런 사람' 이란, '이러이러한 사람이니까 나를 뽑아주세요'가 아니라 '나도 사람이에요. 평범했던 사람이고요. 지금도 일반적이고 싶어요. 그냥요. 이 마음 알아주시면 고맙겠지만, 당신은 이해 못하겠지요.' 이런 이야기였다.

나의 질문과 상관없이 주저리주저리 읊어대는 자신의 이야기에 나는 귀 기울였다. 주위가 시끄러워서 잘 들리지는 않았지만 최대한 목소리를 주워 담으려 애썼다. 그리고 구절구절마다 답해드렸다. "아~ 그러셨어요?" "잘하셨어요." "네~ 그러셨군요." 그들에게 평범하고 정상적인 사람이자 또 평범하고 정상적인 사람이어야 하는 나는 마치 CS강사가 고객 응대하듯 그렇게 친절하게 리액션해주고 있었다.

그렇게 친절하게 리액션하는 동안 한두 번 감정에 휩쓸려 "저도요! 조울증이에요."라고 외칠 뻔했으나 잘 넘겼다. 아마도 약물 조절이 잘되고 있어서 이성을 잘 찾고 있는 결과물이겠거니. 그러다 일을 낸 건 본 프로그램 1회기가 시작되고 강의 막바지에 다다랐을 때였다.

"그리고… 저 역시 여러분과 같습니다. 저도 여러분과 다름이 없어요."

순간! '아! 망…….' 하면서 아차! 싶긴 했지만, 알아듣는 이들은 고개를 끄덕거리며 깊은 공감을 내게 주었다. 그리고 박수를 쳐주었다. 나는 후회하지 않았다. 그 순간 그 말을 뱉을 때에는 나의 마음을 알아달라는 진심이 담겨 있었고 그날 하루 그들로 말미암아 오히려 내가 힘을 받았으므로.

나는 안다. 우리에게 취업이 어떤 의미인지. 얼마나 자신과 싸워야만 가질 수 있는 배지인지 아무도 모를 거다. 설사 배지를 달았다 해도 유지하기도 힘든 게 우리들이다. 그래서 나는 최대한 나의 도움이 필요한 사람이 있으면 도와주고 싶다.

허락하지 않는 길

초판 1쇄 2022년 2월 8일

지은이 김보혜
발행인 김재홍
마케팅 이연실
디자인 현유주 김혜린

발행처 도서출판지식공감
브랜드 비움과채움
등록번호 제2019-000164호
주소 서울특별시 영등포구 경인로82길 3-4 센터플러스 1117호(문래동1가)
전화 02-3141-2700
팩스 02-322-3089
홈페이지 www.bookdaum.com
이메일 bookon@daum.net

가격 15,000원
ISBN 979-11-5622-675-8 03810

비움과채움은 도서출판지식공감의 임프린트 출판입니다.